Esther Gerritsen

Der große Bruder

aufbau

ESTHER GERRITSEN

Der große Bruder

Roman

Aus dem Niederländischen
von Gregor Hens

aufbau

Die Originalausgabe unter dem Titel
Broer
erschien 2016 bei Uitgiverij De Geus, Amsterdam.

Die Übersetzung dieses Buches wurde gefördert
von der niederländischen Stiftung für Literatur.

Nederlands letterenfonds
dutch foundation
for literature

MIX
Papier aus verantwortungsvollen Quellen
FSC® C083411

ISBN 978-3-351-03702-4

Aufbau ist eine Marke der Aufbau Verlag GmbH & Co. KG

1. Auflage 2018

Published by special arrangement with Uitgiverij De Geus
Einbandgestaltung zero-media.net, München
Satz LVD GmbH, Berlin
Druck und Binden CPI books GmbH, Leck, Germany
Printed in Germany

www.aufbau-verlag.de

Ihr Bruder rief sie an, kurz bevor er sein Bein verlieren sollte. Sie hatte ihn in diesem Jahr noch gar nicht gesprochen.

»Ich bin im Krankenhaus«, sagte er und weinte. Er war wegen seiner Zuckerkrankheit öfter im Krankenhaus, deshalb war sie nicht gleich alarmiert. Auch seine Tränen waren ihr nicht fremd. Sie saß im Büro und hatte gerade ihren Computer heruntergefahren. Sie hatte noch zehn Minuten Zeit bis zur Gesellschafterversammlung. Olivia lehnte sich zurück und hörte ihrem weinenden Bruder zu.

Marcus war ein lausiger Zuckerpatient, der seine Ärzte in den Wahnsinn trieb.

»Ich weigere mich, mein Leben davon bestimmen zu lassen!«, rief er immer wieder. Er aß und trank, worauf er Lust hatte, vergaß, rechtzeitig zu spritzen, ließ Kontrollen aus, wurde todkrank und fragte sich dann erschrocken, wie es dazu hatte kommen können. Sie war daran gewöhnt, und auch daran, dass am Ende alles wieder gut werden würde.

Marcus weinte schluchzend, und Olivia wartete, bis er sprechen konnte.

Als er sich etwas beruhigt hatte, sagte er: »Ich werde jetzt gleich operiert.«

»Operiert?«

»Sie wollen sehen, ob sie mein Bein … Sie gucken sich mein Bein an.«

»Eine Endoskopie?«

»Nein, sie wollen schauen, ob sie es retten können.«

»Retten?«

Ihr Bruder kämpfte wieder mit den Tränen.

»Wovon sprichst du?«, fragte sie.

»Es ist ganz schwarz.«

»Was?«

»Das Bein«, rief er wütend. »Das habe ich doch gesagt!«

»Nein, das hast du überhaupt nicht gesagt!«

»Hör mir doch mal zu!«

»Ich hör ja zu!«

Es musste mindestens vierzig Jahre her sein, dass sie sich zuletzt gegenseitig angeschrien hatten. Zum ersten Mal nach so langer Zeit hatte er seine Stimme wieder gegen sie erhoben, und sie hatte sofort dagegengehalten. Das ärgerte sie.

»Ich muss auflegen, es kann jeden Moment losgehen.«

Olivia wurde plötzlich mulmig zumute. »Und dann?«

»Sie wollen sehen, ob sie es retten können.«

»Sie können es also retten, ja?« Natürlich, er war schließlich ihr Bruder. Er übertrieb.

»Nein«, sagte er. »Ich muss mich darauf einstellen, dass es nicht klappt. Ich werde jetzt hier rausgefahren.«

»Warte, in welchem Krankenhaus?«

»Ich muss auflegen.«

Marcus hatte eine Zeit lang in Deutschland gelebt. Sie hatte ihn damals noch seltener gesehen als vorher und auch kaum an ihn gedacht. Einmal hatte er angekündigt, nach Neuseeland auswandern zu wollen. Sie hatte ihm viel Glück gewünscht und der Sache weiter keine Beachtung geschenkt. Dass er sich die Namen ihrer Kinder nicht merken konnte, störte sie nicht, und dass er von ihrem Mann nur als »dem Zahnarzt« sprach, statt ihn beim Namen zu nennen, machte ihr wenig aus. Sie selbst vergaß auch ständig, was er in seinem Beratungsbüro anstellte. Oder bezeichnete er sich derzeit als Wandercoach? Oder war das auch schon wieder vorbei? Er hatte vor einigen Jahren einen ziemlich harmlosen Typ von Prostatakrebs gehabt, und wenn sie der Name der Krankheit auch kurz aufgeschreckt hatte, war die Gefahr, die ihrem Bruder gedroht hatte, doch unbestimmt geblieben, und sie hatte deswegen nicht eine Nacht wach gelegen. Von seinen Freundinnen hatte sie allenfalls die Hälfte je kennengelernt. Gab es jetzt eine Frau in seinem Leben? Sie wusste es nicht. Olivia und Marcus waren einander nicht wichtig, darin waren sie sich einig.

Was Olivia bei der Vorstellung empfand, dass sie ihm sein Bein abnehmen würden, überfiel sie deshalb wie ein Dieb in der Nacht.

Sie sah vor sich durch die Glaswand ihres Büros. Kam jemand auf dem Flur vorbei, konnte er sie zwar sehen, nicht aber hören, dazu war das Glas zu dick. Sie drehte sich in ihrem Schreibtischstuhl herum, das Gesicht zur Wand.

Das Bein.

Im Leben ihres Bruders geschah gerade etwas Unwiderrufliches. Olivia schlug mit der Faust auf die Armlehne ihres Stuhls. Sie schüttelte den Kopf, schlug wieder mit der Faust, dann noch einmal.

»Nein«, sagte sie. Sie beugte sich vor und weinte. Es brach plötzlich laut aus ihr heraus, gleich darauf fasste sie sich wieder. Sie richtete sich auf und dachte: Das ist doch lächerlich.

Sie stand auf, ging zum Spiegel neben der Tür und brachte ihr Make-up in Ordnung.

Olivia rief ihren Mann an.

»Ich habe zehn Minuten«, sagte Gerard, »dann habe ich einen Patienten.«

»Das macht nichts«, sagte Olivia. »Ich habe vier

Minuten. Aber was mir gerade passiert ist … Ich musste weinen.«

»Was hast du denn, Schatz?«

»Marcus' Bein …« Sie stockte.

»Was?«

»Marcus wird operiert.«

»Dein Bruder?«

»Ja, sein Bein ist …« Sie konnte es nicht sagen.

»Was?«

Olivia sagte nichts.

»Olivia?«

Sie schwieg.

»Olivia?«

»Ja, warte mal … Einen Moment.«

Sie wusste, was sie sagen sollte, aber es gelang ihr nicht.

Dann wiederholte sie widerstrebend die Worte ihres Bruders: »Sie schauen, ob sie es retten können.«

»O Mann.«

»Der Trottel ruft mich kurz vor seiner Operation an …«

»Macht es dir was aus, wenn wir das heute Abend besprechen?«

Die Gesellschafter saßen schon, als Olivia hereinkam. Sie waren von Bart, dem Geschäftsführer, empfangen worden, der im informellen Teil besser war.

Olivia kam gern genau pünktlich, niemals zu früh, um die Unordnung am Anfang nicht mit höflichen Floskeln füllen zu müssen.

Es war das dritte Mal, dass sie die Gesellschafter sah, fünfzehn Familienmitglieder des Firmengründers, drei Generationen. Sie hatte sie auf einer kleinen Feier kennengelernt, kurz nachdem sie ihre Stelle angetreten hatte, und bei ihrer ersten Gesellschafterversammlung, die vor allem dazu gedacht gewesen war, die neue Leiterin Finanzen vorzustellen. Ein schwieriges Treffen, da sie zwar eine Analyse, aber noch keine konkreten Erfolge hatte präsentieren können. Das Verhältnis zwischen ihr und den Gesellschaftern bestand noch einzig aus Versprechungen, ersten Eindrücken, ausgesprochenen und unausgesprochenen Erwartungen, dem vagen Bereich, in dem sie sich nicht so recht heimisch fühlte. Sie war kein Mensch, den man sofort sympathisch findet, sie musste etwas leisten, um geschätzt zu werden.

Bart hatte ihr die Eigenheiten eines jeden von ihnen gesteckt. Der alte Herr Kyvon, Sohn des Gründers, war derjenige, den man auf seiner Seite haben musste. Seine Schwester, Frau Grim-Kyvon, war nicht zufriedenzustellen, gar nicht erst versuchen. Victor, der Schwiegersohn von Herrn Kyvon, der die Firma früher selbst geleitet hatte, brauchte immer eine Menge Redezeit, um mit einem Gefühl der Befriedigung nach Hause gehen zu können. Seiner Frau genügte es zu lächeln. Der Rest dieser Generation war überwiegend desinteressiert, ihnen durfte eine Sitzung vor allem nicht zu lange dauern, und die jüngsten Sprösslinge, zwei Urenkelinnen des Gründers, waren noch schwer einzuschätzen.

Bart hieß die Familie willkommen und gab das Wort schon bald an Olivia ab, die erklärte, sie freue sich, heute die neuen Ergebnisse präsentieren zu können. Kollegen hatten ihr erzählt, dass ihre Stimme bei solchen Präsentationen tiefer wurde. Es war keine bewusste Technik, aber eine innere Ruhe senkte sich auf sie, und sie sprach zu den Gesellschaftern, als wären sie Babys, die sie einlullen musste. Wichtiger: Die Zahlen stimmten, die Zahlen stimmten immer. Olivia startete die PowerPoint-Präsentation und ließ die erste Folie, auf der die negativen Ergebnisse der Vergangenheit zu sehen waren, kurz auf die Anwesenden wirken.

Als Olivia die Stelle angenommen hatte, hatte sie von den enormen Verlusten nichts geahnt. Da Porzellan & Geschirr Kyvon im imposantesten Gebäude der Stadt untergebracht war, ließ die Bank die Schulden einfach auflaufen. Die Sicherheit, ein denkmalgeschütztes Gebäude mit zweitausendfünfhundert Quadratmetern, war mehr wert als der Laden, der sich darin befand. Die Familie hatte die Notwendigkeit erkannt einzugreifen und vor einem Jahr einen neuen Geschäftsführer eingestellt. Und vor vier Monaten hatte Olivia als Leiterin Finanzen angefangen. Auch wenn die Familie die Führung lieber bei sich belassen hätte, spürte sie, dass frisches Blut die Firma retten könnte.

Während Olivia kurz die desaströsen Zahlen der vergangenen Jahre erläuterte, klickte sie zur nächsten Folie.

»Wie Sie sehen können, haben wir hier eine aufsteigende Linie …«

Bart schob Herrn Kyvon die Schale mit Mandelteilchen hin.

»Junge«, rief der Sohn des Gründers mitten in Olivias Vortrag hinein, »die Teilchen schmecken fantastisch!« Er zog ein Schweizer Messer heraus. Die anderen lachten, er zeigte ihnen, was sich alles an seinem Taschenmesser befand: ein Korkenzieher, ein Schraubenzieher, eine Schere und eine kleine Säge. Olivia war klar, dass sie mitlachen musste, und gab ihr Bestes. Kyvon klappte die Säge wieder ein, das Messer aus und schnitt eins von den Teilchen in der Mitte durch. Der knusprige Rand zerbrach, das weiche Innere wurde wie Butter durchschnitten. Olivia konnte ein Schaudern nicht rechtzeitig unterdrücken.

»Kalt?«, fragte Kyvon und wischte das Messer mit seinem Taschentuch ab.

Olivia erinnerte sich nicht mehr an den letzten Satz, den sie gesagt hatte.

Das Bein. War es schon ab?

»Sorry«, sagte Kyvon, »machen Sie weiter.«

»Wie Sie sehen, haben wir uns etwas berappelt …«

Mit einer Säge, so machten sie das. Verdammt, er hätte doch auch gestern Abend anrufen können, dann hätte es sie heute nicht belastet.

»Wie Sie sehen, haben wir uns etwas berappelt, aber wir haben es noch nicht geschafft. Erst bei einer Steigerung von fünf Prozent sind wir zufrieden, und ich möchte Ihnen gern zeigen, wie wir das erreichen wollen.« Die Säge ging ihr nicht aus dem Sinn.

Victor sagte: »Klicken Sie mal zur letzten Folie zurück.«

Olivia tat widerwillig, was er verlangte.

»Und jetzt wieder zurück.«

Sie klickte.

»Schade«, sagte Victor, »dass wir die beiden Bilder nicht nebeneinander haben.«

Victor hatte zu früh geklagt. Olivia drückte auf eine Taste, und die beiden Grafiken erschienen zusammen auf einer Folie.

»Genau«, sagte er, »das meine ich.«

»Gut«, sagte Olivia, »hier sieht man …«

»Lassen Sie uns das kurz in aller Stille genießen«, sagte Victor, als wäre er für die Verluste gar nicht verantwortlich.

Stille konnte Olivia nicht gebrauchen. Eine Säge

schnitt gerade durch das Bein ihres Bruders. Plötzlich hatte sie das Bild der kurzen Sporthosen vor Augen, die Marcus als Junge getragen hatte. Ihre Wut richtete sich auf den, der sägte. Das hätten sie doch verhindern können, es ging zu weit, es musste andere Möglichkeiten geben, wie konnten sie nur ... an unserem Körper ... *unserem* Körper, hatte sie gedacht, als wären seine Gliedmaßen Familienbesitz.

»Mach weiter«, sagte Victor.

Olivia versuchte es. Sie konnte die vorbereiteten Sätze automatisch abspulen, aber sie hörte selbst kaum noch, was sie sagte. Ihre Stimme wurde höher.

Wenn es Olivia nicht gelang sich zu konzentrieren, war das eine Warnung, dass sie etwas tat, was sie nicht tun sollte. Sie dachte an die Postkorbübung während des Assessments, bei der getestet wurde, ob man Prioritäten setzen konnte und wusste, was man delegieren sollte und was nicht. Auch wenn Olivia einen falschen Weg einschlug, blieb sie nie lange dabei. Immer wenn sie eine kleine Unruhe in ihrem Magen spürte, zerrte etwas an ihr, das wichtiger war. Man konnte sie für gefühllos halten, für kalt und distanziert, aber ihre Intuition war tadellos, sie spürte sofort, wenn etwas schiefzugehen drohte. Sie spürte es. Sie war auf der falschen Spur. Sofort umkehren. Bevor noch ein nicht wiedergutzumachender Schaden angerichtet wurde.

Olivia griff zu ihrer Tasche.

Ihre Stimme war wieder tief. »Meine Herren, meine Damen, so viel für heute. Bart übernimmt ab hier die Präsentation. Ich muss leider gehen, wegen eines familiären Notfalls.«

Jetzt war es Arbeit, jetzt konnte sie alles erzählen. »Es kann sein, dass das Bein meines Bruders amputiert werden muss, wenn ich jetzt nicht eingreife. Ich muss sofort weg. Bart …« Sie nickte dem Geschäftsführer zu, der sie mit großen Augen ansah und sich bemühte, seine Verwunderung nicht zu kommentieren.

Als sie ging, stand er auf.

Sie hörte, wie er sich räusperte und den Bericht, den sie gemeinsam vorbereitet hatten, fortführte: »Wie Olivia bereits gesagt hat …«

Von den schockierten Blicken der Gesellschafter bekam sie nur wenig mit, sie ging schnurstracks zum Büro. Erst einmal musste sie herausfinden, in welchem Krankenhaus er lag. Die größte Stadt in seiner Gegend? Vermutlich Nijmegen. Amputationen schienen ihr größere Operationen zu sein, in einem kleinen Regionalkrankenhaus wurde so etwas wohl kaum gemacht.

Sie saß an ihrem Computer und suchte die Telefonnummern heraus. Aus dem Festnetz heraus rief sie die Universitätsklinik an und mit ihrem eigenen Telefon das Canisius-Wilhelmina-Krankenhaus.

Als Bart hereinkam, hatte sie noch keinen Marcus Landman gefunden.

»Was ist los?«, fragte sie.

»Was los ist?«

»Ihr seid doch noch nicht fertig?«

»Pause, wir haben die Pause vorgezogen, damit ich kurz weg kann. Olivia, was machst du?«

»Ich habe das auch gerade erst kurz vor der Sitzung erfahren. Ich muss jetzt zu meinem Bruder, das ist lächerlich. Er ist ein gesunder Mann, abgesehen von dem Diabetes, aber deswegen sägt man doch kein Bein ab.«

»Muss das jetzt sein?«

»Er ist schon auf dem Weg.«

»Auf dem Weg?«

»In den Operationssaal.«

»Wen rufst du an?«

»Das Krankenhaus.«

»Hat die Operation schon angefangen?«

Sie sah wütend auf ihr Telefon und rief: »Auswahlmenü!«

Bart ging zu ihr und nahm ihr das Telefon ab.

»Darauf hast du keinen Einfluss.«

Er legte seine Hand auf ihre, sah sie freundlich an, und Olivia wusste, dass er recht hatte. Aber sie musste doch etwas unternehmen – sich beschweren, Krach schlagen, einen Aufstand machen, sich Luft verschaffen.

»Ich muss dahin.«

Er ließ ihre Hand los und sagte: »Verstehe.«

Sie sah ihn fragend an. Verstand er, was sie selbst nicht verstand?

»Steht ihr euch so nahe, du und dein Bruder?«

Sie schüttelte den Kopf, es konnte ein »Nein«, aber auch ein Ausdruck der Bestürzung sein.

»Wo liegt er?«

»Das weiß ich nicht, das wollte ich gerade herausfinden.«

»Du weißt es nicht?«

»Er war in Panik, als er angerufen hat.«

»Wo wohnt er?«

Sie zuckte mit den Schultern.

Bart lächelte mitleidig, sie war offenbar sehr verwirrt. »Ich nehme an, du weißt, wo er wohnt.«

»Brabant ... nein, Noord-Limburg, er ist vor Kurzem in irgendeinen Ferienpark gezogen, glaube ich.«

»Er ist gerade umgezogen?«

»Letztes Jahr, oder das Jahr davor, ich weiß es nicht mehr.«

»In einen Ferienpark?«

»Ich bin da nie gewesen, das ist so was, wo man eigentlich nicht ständig wohnen darf, da wohnt er, der Idiot, im Winter drehen sie den Strom ab.«

Bart sah sie einen Moment lang schweigend an. Dann ging er zu dem Stuhl ihr gegenüber, zerrte ihn unter ihrem Schreibtisch hervor, setzte sich, beugte sich vor, öffnete den Mund, sagte aber noch nichts.

Olivia sah, dass er wütend war und dass es immer schlimmer wurde. Ihr Problem war nicht, dass sie Gefühle nicht erkannte, das tat sie durchaus, aber sie konnte nicht immer gleich einordnen, warum sie da waren.

»Also«, sagte Bart, »du verlässt eine Gesellschafterversammlung, weil dein Bruder operiert wird, von dem du verdammt noch mal nicht einmal weißt, wo er wohnt! Keine lebensbedrohliche Operation, sondern eine Operation, die längst im Gange ist und auf die du überhaupt keinen Einfluss hast.«

»Ja«, sagte Olivia. »Ja, und?« Sie lehnte sich zurück. »Stimmt. Ich habe keinen Einfluss darauf.« Sie ließ ihren Bruder davongleiten, als wäre er nur ein Traumbild, das sich im Angesicht seiner Unwirklichkeit spontan verflüchtigte. Ihre normale Gelassenheit kehrte zurück.

Sie war wieder im Tagesablauf, wie er hätte sein sollen, bekam aber erneut Magenschmerzen und machte sich laut klar: »Ich bin aus der Gesellschafterversammlung gelaufen.«

»Ja.«

»Ich bringe das in Ordnung. Wann machen wir weiter?«

»Wir?«

Olivia stand schon auf.

»*Wir* machen gar nicht weiter. Ich übernehme das. Den Gesellschaftern gegenüber bleibt es bei der Geschichte, dass dein Bruder, dein … Lieblingsbruder, ihr beiden seid unzertrennlich … vielleicht können wir einen Zwillingsbruder daraus machen? … wegen eines medizinischen Kunstfehlers sein Bein zu verlieren droht und du die Einzige bist, die das nahende Unheil abwenden kann.«

Olivia nickte.

Bart ging, drehte sich an der Tür aber noch einmal um. »Habe ich schon gesagt, dass ich damit nicht gerade glücklich bin?«

Olivia war allein in ihrem Büro und wurde nirgends gebraucht. In der Sitzung, zwanzig Meter weiter, sollten sie glauben, dass sie sehr wohl irgendwo gebraucht wurde, sogar unentbehrlich war. Sie nahm ihnen nichts weg. Wenn sie für die Gesellschafter irgendwo anders unentbehrlich sein müsste, würde sie es auch sein. Sie packte ihre Sachen, jetzt ohne ein Gefühl der Not, aber im Bewusstsein ihrer Pflicht.

Olivia fuhr aus der Innenstadt hinaus, eher um ihr zu entkommen, als irgendein Ziel zu erreichen. Sie wohnte in einem Apartment am Stadtrand, doch es widerstrebte ihr, mitten am Tag nach Hause zu kommen. Sie nahm den Umweg über die Tankstelle, dann konnte sie auch gleich durch die Waschstraße fahren. An manchen Tagen fuhr sie mit dem Rad zur Arbeit. Es war die erste Stelle in ihrem Erwachsenenleben, bei der das überhaupt möglich war. Sie hatte in der Zuidas gearbeitet, einem Geschäftsviertel im Süden von Amsterdam, und in anderen Bürokomplexen, die an Autobahnen lagen. Nirgends war sie länger als fünf Jahre geblieben. Sie mochte diese Orte, das Makellose, das Saubere, das Weiträumige.

Man musste nicht Psychologie studiert haben, um ihre Vorliebe für das Weiträumige zu verstehen. Olivia war hinter dem Gemüseladen ihrer Eltern aufgewachsen. Ihr Haus war klein gewesen, kaum größer als der Laden davor. Als sie zu alt wurde, um sich mit ihrem Bruder ein Zimmer zu teilen, verkleinerte man das Lager, und sie bekam ein eigenes Zimmer im Souterrain. Knapp unter der niedrigen Zimmerdecke waren zwei kleine, schmale Fenster.

Das alte Haus gab es noch, ihre Eltern waren gestorben, und der Gemüseladen war längst Erinnerung. Das Kleine-Leute-Viertel war keines mehr, in dem Haus befand sich jetzt eine Kaffeebar.

Ihre Freunde fanden es romantisch – den Ort, das kuschelige Geburtshaus. In Olivia löste es noch immer Beklemmungen aus. Vielleicht hatte sie sich in ihren Mann verliebt, weil er der Erste war, der sich nicht sentimental über das Haus ihrer Eltern geäußert hatte.

Statt Bewunderung hatten die pittoresken Fotos Abscheu von ihm geerntet. »Mein Gott, was für Gerümpel.« Sie kannte niemanden, der so frech war wie er und so leicht Worte fand für etwas, das sie selbst noch nie hatte aussprechen können. Sie verabscheuten beide Sentimentalität und Gejammer. Wenn man zu viel grübelte, ging man am besten Tennis spielen. Sie spielten oft Tennis.

Es war ein ungeschriebenes Gesetz in ihrer Beziehung, dass Erwachsene nicht über ihre Kindheit klagten. Freudsche Deutungen des Verhaltens erwachsener Menschen irritierten ihren Mann so ungemein, dass jeder Freudianer etwas dahinter vermutet hätte. Allerdings ließ er keine Gelegenheit aus, auf die Enge in ihrer Jugend hinzuweisen.

»Olivia braucht Platz, sie hat ihre ganze Jugend über beengt gelebt.« Vielleicht, weil es so herrlich konkret war; Olivia sehnte sich nach Quadratmetern, einer Aussicht, einem Horizont.

»Olivia hat früher im Keller geschlafen!«, rief er, wenn er Leute durch ihre Wohnung führte: fünfte Etage mit Ausblick – auf der einen Seite über das Wasser, auf der anderen über die Stadt. Kürzlich überraschte sie sich selbst, als sie ihn korrigierte: »Es war im Souterrain.«

Olivia mied alte Häuser. Sie hatte einige Studienfreundinnen, die in der Innenstadt wohnten, und versuchte es zu vermeiden, sich bei ihnen zu Hause zu verabreden. Man musste durchs Schlafzimmer zur Toilette gehen, was sie besonders unangenehm fand, oder die Toilette war so nah am Wohnzimmer, dass man keinerlei Privatsphäre hatte. Vorab wurde in winzig kleinen Küchen angestoßen. Man musste aufstehen, wenn die Gastgeberin ein Glas aus dem Küchenschrank holen wollte, und immer rief so eine Gastgeberin dann: »Wir passen hier alle rein!« Das riefen Leute nur, wenn es überdeutlich nicht der Fall war. Bei manchen Freunden roch es nach toten Mäusen. Damals im Gemüseladen waren Mäuse immer ein Problem gewesen. Olivia hatte einen untrüglichen Sinn für den Geruch einer Maus im Zustand der Verwesung.

Ein Headhunter hatte bei ihr wegen der Besetzung einer offenen Stelle als Finanzchefin eines alten Familienunternehmens mitten in der Stadt angefragt.

Die Größe und die Pracht des Gebäudes hatten sie überwältigt. Sie hatte es vorher noch nie betreten. Die berühmte Patisserie im Erdgeschoss war nicht von der Art, die ihre Eltern besucht hatten, und das Porzellan war selbstverständlich unbezahlbar.

Sie war zu früh zu ihrem ersten Gespräch gekommen. Sie stand eine Weile im Café und starrte die winzigen Gebäckstücke in den altertümlichen Vitrinen an.

»Kann ich Ihnen helfen?«, fragte eine weiß geschürzte Dame.

Olivia lächelte, schüttelte den Kopf und ging in den Laden. Es sah alles gut aus, aber die Wahrscheinlichkeit war hoch, dass es nach nichts schmeckte. Das Säuerliche ihres Gedankens erschreckte sie.

Das Gebäude war riesig. Sie stieg die Freitreppe mit dem roten Läufer hinauf, von wo aus alle Etagen einsehbar waren, und betrachtete die Kronleuchter. Das Büro war ganz oben.

Neben Porzellangeschirr wurde dort alles verkauft, was man in einer Küche brauchte, außer Töpfen und Pfannen. Das ist für Leute, die tun, als könnten sie kochen, urteilte Olivia, ein Laden für Menschen, die ihr Essen vor allem gern servieren.

Die oberste Etage war vollgestellt mit Tafelservice, so wie es früher einmal in dem ganzen Laden gewesen sein musste. Hier waren kaum Kunden. Die großen Suppen- und Essteller glänzten in Gold, Silber und Kobaltblau. Auf den Kärtchen neben den einzelnen Stücken stand etwas von 47-teiligen Service und Hochzeitslisten. Behutsam strich sie über eine karmesinrote, mit goldenen Vögeln verzierte Schale, als würde es sich um ein Museumsstück handeln. Sie schüttelte den Kopf, der Laden war ein Anachronismus, sie ließ die Schale abrupt los und stellte fest, dass sich so etwas nicht in der Spülmaschine waschen ließ. Als sie wegging, sah sie sich aber noch einmal nach der Schale mit den Vögeln um. Ihre skeptischen und praktischen Gedanken hatten den Effekt, dass sie begann, sich selbst zu verabscheuen und nicht den Laden.

Olivia wurde vom Geschäftsführer geradezu begeistert empfangen. Ein gutaussehender Mann, jünger als sie, mit einem gewaltigen Lockenkopf, kumpelhaft, flamboyant und herzlich. Auf dem Tisch standen die kleinen Gebäckstücke von unten.

Das erste Vorstellungsgespräch war gerade einmal zur Hälfte vorbei, als Olivia Landman klar war, dass sie nichts lieber täte, als in die Dienste von Porzellan & Geschirr Kyvon zu treten.

Die Sitzung war vorbei. In der Waschstraße erhielt Olivia die ersten Nachrichten der Gesellschafter, die ihr Kraft und Zuversicht in der ganzen Situation mit ihrem Bruder wünschten und die Hoffnung ausdrückten, dass alles einen guten Ausgang nehmen werde.

Kyvon selbst wünschte ihr und ihrer Familie Kraft. Bei näherer Betrachtung war dies keine schlechte Wendung. Die Gesellschafter gingen mit guten Ergebnissen – auf dem Papier – nach Hause und hatten zugleich einen unerwartet persönlichen Eindruck von der neuen Leiterin Finanzen bekommen, die, wie sie auch, Wert auf Familienbande legte. Kreisende blaue Bürsten schrubbten ihr Auto. Olivia war zufrieden, und als die Kunstlederstreifen die Frontscheibe ablederten, summte sie sogar in ihrem Rhythmus mit. Es war wie ein Glücksgefühl – bis sie ihre Gedanken nach dem absuchte, worum es eigentlich gegangen war. Schockiert sah sie ihren Bruder auf einem blutigen Operationstisch liegen.

Sofort stemmte sie sich gegen die aufkommende Panik, wie ein Mantra wiederholte sie laut: »Ich habe keinen Einfluss darauf, ich kann ihn nicht retten, ich habe keinen Einfluss darauf.« Der große Föhn blies die letzten Tropfen von ihrem Auto, und mit den Tropfen verschwand die Panik.

An der Ampel stand sie neben einer kümmerlichen Weide mit zwei Ziegen. Ein letztes Stück ländlicher Idylle am Stadtrand. Die Ziegen käuten wieder und schienen auf die Skyline mit ihren Hochhäusern zu starren. Wie weit reichte der Blick einer Ziege? Die kleine Träumerei durfte nicht zu lange dauern, in ihrer Magengegend war wieder Unruhe.

Zurück zu ihrem Mantra: keinen Einfluss, keinen Einfluss, das jedoch allmählich zu einem »keine Schuld, keine Schuld« wurde. Sie schüttelte den Kopf. Unsinn. Falsche Abfahrt.

Sie dachte an Bart, wie er »keinen Einfluss« gesagt und wie freundlich er sie darauf angesehen hatte. Automatisch übernahm sie den Gesichtsausdruck, sie lächelte, und mit dieser Sanftheit kehrte sie zu ihrem Bruder zurück, sie sah den blutigen Stumpf seines Beins und krümmte sich zusammen. Dass sie keine Verantwortung trug, minderte den Schrecken nicht. Das Bein war ab, und Olivia wurde schlecht. Hinter ihr wurde gehupt, es war grün, sie musste weiterfahren. Sie gab Gas, fuhr ruckelnd los, würgte, suchte verzweifelt nach einer Stelle, um anzuhalten, hielt sich den Mund zu. Sie musste schalten, traute sich jedoch nicht, die Hand wegzunehmen. Sie hätten einen Automatik nehmen sollen. Sie hatte sich einen Automatikwagen gewünscht, aber Gerard hatte gemeint, dass Autofahren ohne zu schalten kein richtiges Autofahren sei. Selbst ihr Mann war nicht frei von Gefühlen.

Als sie endlich eine Bushaltestelle mit einer Parkbucht fand, war es nicht mehr nötig. Was ihr hochgekommen war, hatte sie wieder hinuntergeschluckt. Sie spülte den sauren Geschmack in ihrem Mund mit Wasser hinunter, spuckte auf den Seitenstreifen und zitterte, als hätte sie Fieber.

Olivia nahm die Autobahn nach Süden und rief ihren ältesten Sohn an, der auf einen Motorroller sparte.

»Ich muss wissen, in welchem Krankenhaus Onkel Marcus liegt. Ich gebe dir zweihundert Euro, wenn du es innerhalb einer halben Stunde schaffst, ihn zu finden. Für jede Minute, die du länger brauchst, gibt es einen Euro weniger.«

Zweihundert Euro?«, hatte ihr Mann am Telefon gefragt. »Sollte der Junge nicht einfach im Supermarkt Regale auffüllen?«

»Hundertsiebenundachtzig.«

Gerard verstand nicht, warum sie alles hatte stehen und liegen lassen, um noch am selben Tag zu ihrem Bruder zu fahren, doch statt zu sagen: Komm nach Hause, du hast versprochen zu kochen, sagte er: »Du schuldest Marcus nichts.«

Sie reagierte verärgert. »Kann ich nicht einfach meinen Bruder besuchen, weil ich es will?«

Als er antwortete, war sein Ton ein anderer. »Wenn es dir wichtig ist, musst du es tun.« Er gab ihr, was sie hören wollte. Noch schlimmer.

»Du findest es also lächerlich?«

Er schwieg.

Sie kannten sich zu gut.

Sie war fast da. Sie log. »Ich muss Schluss machen, ich fahre gleich ins Parkhaus.«

Der Krankenhauskorridor im Erdgeschoss, der zu den Aufzügen führte, war so lang, dass er dem Besucher alle Zeit der Welt bot, sich von der Außenwelt zu lösen und gänzlich in das Haus der Krankheit einzutauchen. Als Olivia auf der fünften Etage aus dem Aufzug trat, schien die Gesellschafterversammlung schon eine Ewigkeit her zu sein.

»Gehören Sie zur Familie?«, fragte die Krankenpflegerin. Sie saß hinter einem Tresen in der Mitte der Station.

»Ich bin seine Schwester.«

Sie sah in ihre Papiere. »Ah, hier steht es, Sie sind seine Kontaktperson.«

»Nein«, sagte Olivia.

»Olivia Landman? Sind sie das nicht?«

»Doch, schon.«

»Ja, Sie stehen hier als Kontaktperson.« Die Frau nickte begeistert.

»Wie ist es denn gelaufen?«

»Er schläft noch.«

»Wie ist die Operation verlaufen?«

Wieder sah die Pflegerin in ihren Papieren nach. »Dazu kann ich nichts sagen, aber wahrscheinlich kommt der Arzt heute Abend kurz vorbei, der kann Ihnen mehr sagen.«

»Aber … sein Bein …?«

»Sie können zu ihm.« Sie lächelte, als wäre es ein Angebot, das sich Olivia nicht entgehen lassen durfte.

»Sie können mir doch wohl sagen, ob sein Bein gerettet werden konnte?«

Die Krankenschwester schien da erst zu begreifen, dass Olivia es gleich mit eigenen Augen sehen würde.

Sie schüttelte den Kopf. »Nein, sein Bein, nein.«

Olivia starrte sie an und blieb einen Moment lang

an ihren hellgrauen Augen hängen. Die Pflegerin ließ sie geduldig gewähren.

»Okay«, sagte Olivia. »Wo liegt er?«

Olivia trat ins Zimmer 564 und sah einen alten Mann. Sie drehte sich wieder um, lief über den Gang zurück und erklärte der Pflegerin, ihr Bruder liege nicht in Zimmer 564. Diese warf einen Blick in ihre Papiere und sagte, dass Marcus Landman sehr wohl dort liege. Olivia lief über den Gang zurück und betrat zögernd das Zimmer 564. Mit jedem Schritt, den sie sich dem Bett näherte, erkannte sie mehr, und als sie schließlich neben ihm stand, war der alte Mann zu ihrem Bruder geworden.

Selten hatte Olivia ihren Bruder so in aller Ruhe betrachten können. Marcus war ein nervöser, lebhafter Mann. Wenn er bei Bewusstsein war, kannte sein Gesicht keinen Stillstand. Wenn er reglos dalag, war er zwar alt, sah aber eindeutig besser aus.

Als Mädchen konnte sie ihn ansehen und sich über das Lippenbeißen und Nasehochziehen, die Grimassen und sein Blinzeln ärgern. Auch wenn er fünf Jahre älter war, hatte sie ihn oft als jemanden betrachtet, um den sie sich kümmern musste, und nicht umgekehrt.

Sie zog die Jacke aus und sprach ihn leise an. »Marcus?« Er reagierte nicht. Jetzt erst sah sie seinen Körper an.

Sie ging ans Fußende des Bettes und berührte ganz sanft seinen einen Fuß. Dann tastete sie zu der Leere daneben, und es zerriss sie. Sie krümmte sich wie am Nachmittag im Büro, sie wollte schreien, durfte ihn aber nicht aufwecken. Sie atmete den aufkommenden Schrei wieder ein. In einer Panik, die sie überhaupt nicht begriff, stand sie über das verschwundene Bein gebeugt da. Wie konnte sie das Bein eines Mannes vermissen, den sie in seiner Gänze nie vermisste? Er stöhnte. Olivia richtete sich schnell auf. Marcus wurde nicht wach.

Sie schob einen Stuhl an das Kopfende und nahm ihr Telefon aus der Handtasche. Sie stellte es nur selten ab, auch nicht im Urlaub, sie musste für Notfälle erreichbar sein, das musste ihre Familie verstehen. *Telefon ausschalten? – Ja –* Ein kurzer Ton erklang, ein Schlussakkord, denn Olivia hatte endlich ihre Bestimmung gefunden. Hier wurde sie gebraucht.

Olivia war eingeschlafen. Seine Stimme weckte sie.

»Mein Bein«, sagte er leise.

Er versuchte, seinen Unterschenkel zu ertasten, war aber zu schwach.

»Bist du wach?«, fragte sie überflüssigerweise. Sie brauchte Zeit.

Er sah sie an. »Mein Bein?«

Sie drehte den Kopf zur Tür, als müsste dort gerade jetzt, unmittelbar nach seinem Aufwachen, ein Arzt erscheinen, der ihr den Job abnehmen würde. Aber da war niemand, sie war allein, und sie hatte eine Aufgabe. Sie sah ihren Bruder an und schüttelte den Kopf.

»Nein?«

Ihre Aufgabe lautete, es gleich beim ersten Mal richtig zu sagen.

»Sie haben dir das Bein abgenommen.«

Es klang tatsächlich sehr deutlich, vielleicht etwas lauter als beabsichtigt, was aber besser war, als in so einem Augenblick nicht verstanden zu werden und den Satz wiederholen zu müssen.

Seine Augen füllten sich mit Tränen. Er sah sie entsetzt an, als trüge sie, die herzlose Überbringerin der Nachricht, die Verantwortung dafür. Er wandte sein Gesicht von ihr ab.

Sie lächelte. Er sollte sie ruhig verfluchen und einen Augenblick lang nicht an sein Bein denken. Aber sofort wandte er sich ihr wieder zu und sah ihr Lächeln. Sein Mund verzog sich. Olivia erstarrte, mitsamt ihrem Lächeln. Beide waren sie in diesem furchtbaren Schauspiel gefangen. Als hätte der Maler seine Modelle um diese Stellungen gebeten, und sie posierten, ebenso gezwungen wie fügsam wartend, bis die Szene verewigt war.

Olivia suchte einen Ausweg.

»Soll ich eine Schwester holen?«

»Warum?« Er schniefte.

»Willst du ein Taschentuch?«

»Nein.« Er sah sie noch immer an.

Sie griff zu ihrer Handtasche.

»Ich brauche kein Taschentuch.«

Sie zog das Päckchen trotzdem heraus und legte es auf den Nachttisch. Sie sahen es an.

»Das hält man nicht aus«, sagte Marcus.

Olivia konnte das unmöglich bestätigen, doch sie wusste, dass sie dem auch nicht widersprechen durfte.

»Ich kann das nicht«, sagte er und begann, hemmungslos zu weinen.

Wieso konnte er sich nicht zusammenreißen? Hätte er nur einen kleinen Versuch unternommen, sich zu beherrschen, hätte sie seinen Schmerz jetzt spüren können. Sie saß regungslos da, anscheinend eiskalt. Sobald er zu weinen begann, herrschte bei ihr ganz und gar Trockenheit. Sie betrachtete die Stelle, an der sein Bein hätte sein sollen, dort wo die Bettdecke so flach war, so sinnlos dalag, und empfand jetzt nichts mehr.

Wer war die Frau, die eben noch gebrochen an seinem Bett gestanden hatte?

Olivia schloss die Augen.

Olivia schloss die Augen, um ihren Bruder nicht zu sehen.

Olivia schloss die Augen, um sich vorstellen zu können, dass sie bei ihm war.

Jetzt spürte sie es wieder, als wäre es ihr eigenes Bein, und sie zitterte.

»Was ist denn?«

Marcus klang ruhig. Das Weinen schien vorbei zu sein.

»Olivia?«

Seine Stimme war nicht älter geworden.

»Was ist denn?«, fragte er noch einmal.

Es dämmerte. Im Krankenhaus war es still. Marcus saß aufrecht im Bett und betrachtete seine Schwester.

»Du hast dich hübsch gemacht.«

»Ich hatte eine Gesellschafterversammlung. Willst du was trinken?«

»Wasser.«

Olivia ging zum Waschbecken.

»Du konntest es also nicht lassen, hierher zu kommen, Schwesterchen. Du musstest mich sehen, oder?«

Olivia wandte sich ihm abrupt zu.

»Du warst ziemlich in Panik!«

»Ja, ziemlich logisch!«

Sie hatten schon wieder geschrien. Die Geschwindigkeit, mit der sie sich gegenseitig provozieren konnten, überstieg ihr eigenes Fassungsvermögen.

»Sie sind also wach.« Auf der Schwelle stand eine Ärztin.

Sie zog die Tür zu und trat ans Fußende. Olivia reichte ihrem Bruder ein Glas Wasser.

»Wie fühlen Sie sich?«, fragte die Ärztin.

»Elend«, sagte Marcus.

»Haben Sie Schmerzen?«

»Körperlich? Nein.«

Die Ärztin zögerte. Olivia sah sie mit einer gewissen Schadenfreude an. Dieser Patient würde es ihr nicht leicht machen.

»Ja«, sagte die Ärztin, »wie wir schon prognostiziert hatten: Wir konnten Ihr Bein nicht retten.«

»Es war doch nur von dem Fuß die Rede!« Er zitterte, Olivia nahm ihm das Glas ab.

Die Ärztin wartete geduldig, bis Marcus sich ein wenig beruhigt hatte, und sagte dann langsam und ernst: »Es war der Fuß und der Knöchel und ein Stück vom Unterschenkel, weil man an der Stelle aber keine Prothese befestigen kann, amputieren wir immer knapp unterm Knie.«

»Prothese? Ich kann das Wort nicht hören«, wimmerte er.

Olivia reichte ihm die Taschentücher.

Er schlug sie weg, zog die Nase hoch und sagte: »Ich möchte eine Verfügung zur Sterbehilfe aufsetzen.«

Wie schaffte er es, sich nach einer Beinamputation so zu benehmen, dass jegliches Mitleid verflog?

Olivia sagte: »Es gibt keinen einzigen medizinischen Grund für eine Sterbehilfe.«

»Es ist natürlich gut nachvollziehbar«, sagte die Ärztin, »dass Sie aufgewühlt sind.«

Marcus sah seine Schwester an. »Genau.«

Olivia fuhr durch die Dunkelheit nach Hause zurück und wusste, dass sie ihn nie wieder loswerden würde.

Sie erinnerte sich an frühere Rückfahrten nach zähen Besuchen. Marcus' Wohnsituation war immer ein Problem gewesen. Als er in einem Wohnwagen lebte, versuchte sie, sich ein Urteil zu verkneifen und ihm ohne Zynismus Komplimente für die Einrichtung zu machen. Aber es war nun einmal herzergreifend, wenn sie ihren Geländewagen parkte und jeder sehen konnte, dass seine Behausung kaum größer war als ihr Auto. Der Wohnwagen stand nahe an einem See, und er fing seine eigenen Fische, womit er bei seinen kleinen Neffen Eindruck zu schinden versuchte. Die Jungen waren damals acht und zehn Jahre alt, trauten sich nicht, den Fisch zu essen, und waren schon bald aus dem Wohnwagen geflohen, um im Auto Nintendo zu spielen. In den letzten paar Jahren hatten sie sich sogar geweigert mitzufahren.

Die Heimreise war jedes Mal eine Befreiung gewesen, die Rückkehr in eine Welt, in die sie hineinpasste, in dem sicheren Bewusstsein, dass ihr Bruder fließend Wasser hatte, Strom, Telefon und eine Nachbarin, die immer mal nach dem Rechten sah.

Diesmal nahm sie ihn mit, und sie hatte immer gewusst, dass dieser Moment eines Tages kommen würde. Sie hatte geglaubt, dass sie es noch ein paar Jahre vermeiden könnte und er allein zurechtkommen würde. Aber jetzt hatten sie ein Bein verloren, und das wäre nicht nötig gewesen.

Erst beim Frühstück sprach sie mit ihrem Mann.

»Wenn der Trottel also besser aufgepasst hätte«, sagte er, »hätte er sein Bein nicht zu verlieren brauchen.«

»Das werden wir nie erfahren.«

»Blödmann«, sagte ihr jüngster Sohn Tom, Anfang vierzehn.

»Ich möchte nicht, dass du deinen Onkel Blödmann nennst.«

Tom lachte verächtlich.

»Was?« Olivia verstand nicht, warum er lachte.

»Das hast du selbst gesagt«, sagte ihr Sohn.

»Ich habe ihn noch nie Blödmann genannt.«

Tom sah seinen Vater an. Der lachte ebenfalls.

»Was?«, fragte Olivia wieder.

»Du sprichst normalerweise … nicht besonders nett über deinen Bruder.«

»Das ist für euch noch lange kein Grund, über ihn herzuziehen.«

Sie schwiegen.

»Habe ich jetzt was Komisches gesagt?«, fragte Olivia.

Ihr ältester Sohn kam in die Küche.

»Guten Morgen, Julius«, sagte Olivia.

Julius sagte: »Ich kriege hundertsiebenundachtzig Euro von dir.«

»Guten Morgen«, sagte Olivia noch einmal.

»Warum kriegt er hundertsiebenundachtzig Euro?«, fragte sein Bruder.

Julius stand an der Spüle und trank aus dem Wasserhahn.

»Mama, warum kriegt er hundertsiebenundachtzig Euro?«

»Dein Bruder hat dich was gefragt«, sagte Gerard.

»Ich habe Mama gefragt, mit Julius rede ich nicht.«

»Warum denn nicht?«

»Musst du ihn selbst fragen.«

»Was ist passiert?«, fragte Olivia.

»Keine Ahnung«, sagte Julius, »aber so hab ich meine Ruhe.«

»Was soll denn das schon wieder?« Sie sah Gerard an.

Gerard zuckte mit den Schultern. Julius setzte sich an den Tisch. Tom stand auf und ging.

»Was hat er denn?«

»Keine Ahnung«, sagte Julius noch einmal. »Und? Ist sein Bein ab?«

In seinem Gesicht ein brutales, spöttisches Grinsen.

»Ja«, sagte Olivia und sah ihn geschockt an.

Julius stieß ein abfälliges Grunzen aus und sagte: »Das passt zu ihm.«

Gerard kicherte.

»Finde ich gar nicht lustig«, sagte Olivia.

»Was hast du denn heute Morgen?«, fragte Julius und verließ den Tisch.

»Ich find das nicht gut«, sagte Olivia zu ihrem Mann, »wenn sie so über Leute reden.«

»Ich weiß nicht, ob wir ihnen das übel nehmen können. Dein Bruder ist ja durchaus ein Fall für sich.«

»Was wissen sie denn schon? Wann haben sie ihn das letzte Mal gesehen? Vor fünf, sechs Jahren?«

»Sie kriegen ja mit, wie wir über ihn reden.«

»Vielleicht solltest du ihn dann auch nicht Trottel nennen.«

»Wie bitte? Gestern hast du mich selbst angerufen mit der Mitteilung, dass der ›Trottel‹ dich kurz vor der Operation angerufen hat.«

»Das war in der … Aufregung. Das ist was ganz anderes.«

Gerard fing in aller Ruhe an, die Spülmaschine auszuräumen.

»Bist du nicht spät dran?«, fragte Olivia. Er antwortete nicht. Gerard fand es in keiner Weise schlimm, zu spät zur Arbeit zu kommen und die Patienten warten zu lassen. Komischerweise verlor er sie dadurch nicht, dafür überzog er oft genug die Sprechstunden, weil er sich für die einzelnen Patienten zu viel Zeit nahm. Er hing weniger an seiner Arbeit als an den Menschen, und sie hingen an ihm.

»Wir haben heute Nachmittag einen Termin bei der Ärztin«, sagte Olivia.

»Wir?«

»Marcus und ich.«

»Heute Abend wolltest du doch zum Tennis.«

»Das schaffe ich nicht.«

»Er hat doch eine Freundin?«

»Offenbar nicht.«

»Ich find das keine gute Idee, wenn du nicht zum Tennis gehst«, sagte Gerard. »Du brauchst das.«

»Wieso?«

»Seit du bei Kyvon arbeitest …« Er stockte.

Sie blickte ihn an. Er sah, dass sie es nicht hören wollte.

»Das macht doch nichts«, sagte er, »dass du das brauchst?«

»Die Ärztin kommt heute Nachmittag.«

»Ich kann ja gehen.«

»Du?« Olivia lachte abfällig. »Du und Marcus?«

»Traust du mir nicht?«

»Doch, natürlich.«

»Dann lass mich gehen.«

»Bei mir ist es einfacher, in meiner Arbeit etwas zu verschieben«, versuchte es Olivia noch.

Aber Gerard wiederholte: »Lass mich gehen. Du vertraust mir doch?«

Auf halber Treppe traf sie Bart. Sie hatten beide die Angewohnheit, morgens die Treppe statt des Aufzugs zum Büro zu nehmen. Erst durch den Laden und die Angestellten begrüßen. Bart sah zum Kronleuchter hinauf. Glühbirnen mussten ausgewechselt werden, aber man brauchte eine riesige Leiter, um heranzukommen.

Sie blieb bei ihm stehen und sagte: »Ich habe freundliche Rückmeldungen von der Familie bekommen, ich glaube also, dass sich der Schaden in Grenzen hält.«

»Wie geht es deinem Bruder?«

»Na ja … das Bein ist ab.«

»Um Gottes willen.«

»Ja.«

Sie hatte gestern für genug Drama gesorgt, deshalb schien es ihr das Beste zu sein, es nun dabei zu belassen.

»Ich gehe mal an die Arbeit«, sagte sie, »gestern ist eine Menge liegengeblieben, du musst mich dann mal nebenher auf den aktuellen Stand bringen.«

»Geht es denn?«

»Ich habe ihn ja ein ganzes Jahr nicht gesehen.« Sie ging nach oben zu ihrem Büro.

Am Nachmittag setzte das Unbehagen ein, als sie an ihren Mann dachte, der auf dem Weg zu ihrem Bruder war. Sie wollte den einen nicht dem anderen aufbürden und konnte sich kaum entscheiden, um wen von den beiden es ihr eigentlich ging. In einem Moment stellte sie sich vor, dass ihr Bruder ihren Mann mit seinen Tränen zum Wahnsinn trieb, und im nächsten Moment dachte sie nur noch an Gerards peinliche Witze, die ihren Bruder verletzen würden.

Sie stand schon auf dem Tennisplatz, als Gerard aus dem Auto anrief. Er klang auffallend munter.

Ja, es sei alles sehr, sehr gut gelaufen, prima. Und was für eine sympathische Ärztin das sei, fände sie das nicht auch? Ja, die Frau, ja. Ob sie gesehen habe, dass sie ein ganz besonderes Muttermal an ihrem Ohr hat? Nein? Nicht gesehen?

Nein, Marcus habe es nicht komisch gefunden, dass sie nicht dort gewesen sei, er wisse ja, dass sie eine Menge zu tun habe. Wieso, das sei doch auch so? Haben wir doch hervorragend gelöst. Was denn nun?

Nein, ihr Bruder habe sich nicht seltsam verhalten. Ja, angeschlagen, natürlich, aber was sei denn anderes zu erwarten? Nein, er fand nicht unbedingt, dass er alt geworden sei. Ach ja, alt würden sie doch schließlich alle, oder?

Der leichte, beinahe fröhliche Ton verstimmte Olivia noch mehr, als hätte sie die Tragik übertrieben, und sie, die Männer, hätten keine Schwierigkeiten damit.

Sie fragte ihn, ob Marcus geweint habe.

»Nein.«

Munter erzählte er weiter. Die Ärztin habe eine Rehaklinik erwähnt und ginge davon aus, dass Marcus dort in der Nähe seine Reha machen würde.

»Na ja, Gott, wir wissen ja beide … na ja, es ist ja nicht so, dass er Freunde hätte, die ihn besuchen, oder Kollegen …«

»Hast du ihm das so gesagt?«

»Nein, natürlich nicht, wofür hältst du mich?«

Sie antwortete nicht.

»Deshalb habe ich mir gedacht: Wäre es nicht besser, wenn er seine Reha bei uns in der Nähe machen würde?«

»Ja … vielleicht schon, ja.«

»Na super. Das habe ich auch gesagt. Und Marcus

fand die Idee auch gar nicht schlecht. Dann machen wir es so. Großartig, oder?«

»Großartig.«

»Jetzt spiel mal schön Tennis.«

Großartig, oder?, hallte es den ganzen Abend in ihrem Kopf wider. *Na super. Großartig.* Bein ab, kann passieren. *Was denn nun? Super, großartig.* Reha. Schön bei uns in der Nähe. Schön praktisch. *Gar keine schlechte Idee.* Spiel mal schön. Sie schlug die Bälle wütend hin und her, zu einer geisttötenden Kadenz aus *großartig*, *super* und *schön.*

Am Wochenende wartete ihr Bruder am Kaffeeautomaten neben den Aufzügen auf sie. Er saß in einem Rollstuhl. Olivia erschreckte das verschwundene Bein, die Leere auf der einen Fußstütze. Sie rang um Fassung.

»Du bist aufgestanden.«

»Eine Stunde am Tag. Muss ich.«

Es gab keinen Kaffee mehr, Olivia drückte auf den Knopf für heiße Schokolade.

Sie setzten sich nebeneinander an einen Tisch, beugten sich über ihre Becher und tranken vorsichtig und in kleinen Schlucken.

Ein Krankenpfleger kam auf einem Roller vorbei.

Die Korridore waren lang, so kam man schneller voran. Das Bild schrie förmlich nach einer Bemerkung, aber sie sahen ihm schweigend hinterher, bis er um die Ecke gebogen war.

»Gerard«, sagte ihr Bruder, »der ist ganz anders, wenn er allein ist.«

»Tatsächlich?«

»Sanfter.«

Olivia versuchte, sich das Bild ihres Mannes vor Augen zu rufen, aber … sanfter. »Sanfter« war ein typischer Ausdruck ihres Bruders und Sanftheit eine Eigenschaft, die sie selbst niemals erlangen würde.

Eigentlich war es als Witz gemeint, als sie sagte, dass sie offenbar einen schlechten Einfluss auf ihren Mann habe.

»Glaubst du?«, fragte ihr Bruder ernst.

Sie entdeckte keine Spur von Ironie auf seinem Gesicht.

»Nein«, sagte sie, jetzt ebenso ernst.

Olivia zog die Unterlagen der Rehaklinik aus der Tasche und legte sie auf den Tisch, eine bunte Broschüre mit dem großformatigen Foto eines lachenden Pflegers auf dem Umschlag. *Gesund wird man gemeinsam*. Marcus nahm die Broschüre und legte sie auf das Tischchen neben ihnen.

»Sonst läuft gleich der Kakao drüber.«

»Zwanzig Minuten mit dem Auto«, sagte Olivia. »Da können wir dich öfter besuchen.«

Marcus sah die Broschüre nicht an. Er hob die Hand. »Frau Derksen!«

Eine alte Frau mit einem mobilen Infusionsständer kam langsam auf sie zu.

»Na«, sagte Frau Derksen, »das sieht man, dass Sie miteinander verwandt sind.«

Sie setzte sich an den Nachbartisch und griff zur Broschüre der Rehaklinik.

»Wann werden Sie entlassen?«, fragte sie Marcus.

»Nächste Woche«, sagte Olivia.

Marcus krümmte sich.

»Ab nach Hause, junger Mann«, sagte Frau Derksen.

»Nach Hause?«, fragte Marcus.

»Es ist doch ambulant, oder?«

Marcus sah Olivia fragend an.

»Nein«, sagte Olivia, »er macht stationär weiter.«

»Ach Mensch, muss das denn sein?«

»Er muss die Reha machen«, sagte Olivia.

»Aber doch nicht den ganzen Tag!«

»Das ist die beste Lösung.«

»Die Nächte sind am schwersten«, sagte Frau Derksen.

Marcus' Blick verdüsterte sich.

»Sie müssen im Haus nur ein paar Dinge anpassen«, sagte Frau Derksen, »aber das müssen Sie ja sowieso, nicht wahr?«

Marcus schüttelte den Kopf.

»Nein, das geht nicht … Ich mache die Reha …

in … in der Nähe meiner Schwester … Ich … ich …« Er weinte. »Tut mir leid, ich wollte nicht weinen.«

»Ach, junger Mann«, sagte Frau Derksen, »Sie haben es auch nicht leicht, oder?«

»Tut mir leid«, sagte Marcus. »An die Nächte hatte ich noch gar nicht gedacht.« Er versuchte zu lächeln. »In Krankenhäusern schlafe ich so schlecht.«

»Das ist kein Krankenhaus«, sagte Olivia, »sondern eine Rehaklinik.«

Marcus rollte rückwärts. »Ich muss liegen.«

»Ich helfe dir.« Olivia rückte ihren Stuhl vom Tisch und wollte aufstehen.

»Nein«, sagte er etwas zu schroff und rollte ohne Hilfe auf sein Zimmer zu.

Als er hinter der Tür verschwunden war, sagte Frau Derksen: »Er hat Angst.«

»Ja«, antwortete Olivia. »Aber dafür ist es jetzt zu spät. Das Schlimmste ist schon passiert. Wenn er besser aufgepasst und seine Termine im Krankenhaus nicht verpasst hätte …«

»Er hat Angst vor Krankenhäusern.«

»Ja«, sagte Olivia, »aber …«

»Alles nur Angst«, sagte Frau Derksen. »Die ist einfach da. Kann man nichts gegen machen.« Frau Derksen stand mühsam auf und ging.

Olivia wusste, wie sehr sich ihr Bruder vor Ärzten und Krankenhäusern fürchtete. Sie hatte immer schon gedacht, dass man dagegen etwas tun müsste. Doch nie hatte sie diese Möglichkeit in Betracht gezogen: Dass man nichts dagegen machen kann.

Frau Derksen ging an Marcus' Zimmer vorbei, hob kurz die Hand und schlurfte weiter.

Mit sechzehn war Marcus mit einer akuten Blinddarmentzündung eingeliefert worden. An dem Sonntag, als sie ihn zum Krankenhaus gefahren hatten, waren seine Schmerzen so stark gewesen, dass er nicht mehr aufrecht gehen konnte, und trotzdem war er nur unter lautstarkem Protest mitgekommen. Sein Verhalten war unvernünftig und unlogisch – das war, was sie immer gedacht hatte, als würde seine Angst deshalb nicht zählen und, soweit es sie anging, gar nicht existieren.

Sie nahm die Broschüre, die Marcus sich nicht angesehen hatte.

Er lag mit dem Gesicht zum Fenster. Sie sprach zu seinem Rücken.

»Schläfst du schlecht?«

Er antwortete nicht.

Ganz langsam drehte er sich um. Er lächelte, aber seine Augen waren gerötet.

»Du wirst dich schon daran gewöhnen.«

Sie sah, dass er sein Bestes gab.

Sie wollte auch ihr Bestes geben.

»Möchtest du solange bei uns wohnen?« Der Vorschlag war so absurd, dass sie erwartete, er würde ihn entschlossen ablehnen.

Sein Blick hellte sich auf. Er erhob sich.

»Meinst du das ernst?«

Wie konnte sie jetzt noch Nein sagen? Ihr brach der Schweiß aus, und sie nickte.

Natürlich war Marcus klar gewesen, dass sie es noch mit Gerard besprechen musste, und sie konnte jederzeit einen Rückzieher machen. Ob sie nicht noch ein wenig darüber nachdenken wolle? Er hatte ihr die Möglichkeit gegeben, einen Rückzieher zu machen, aber seinen Gesichtsausdruck, die Freude nach ihrer Einladung, konnte sie nicht vergessen. Sie konnte das mit ihm machen, sie hatte diese Macht.

Nach dem Tennisturnier am Sonntagabend trank sie mit Gerard ein Glas Wein in der Kantine.

»Es sieht so aus, dass Marcus seine Reha eigentlich am besten … ambulant machen kann.«

»Ach ja? Geht das auch?«

Die Konsequenzen drangen nicht zu ihm durch.

»Es ist eigentlich netter, wenn er abends nach Hause kann.«

»In den Wohnwagen?«

»Nein, er hat jetzt eine Art Ferienwohnung, die muss aber erst umgebaut werden. Aber er ist natürlich vorübergehend bei uns gemeldet, beziehungsweise in der Klinik hier. Wenn man es also näher betrachtet, das heißt aus seiner Perspektive, wäre es schön, für ihn, … wenn er kurz bei uns wohnen würde … Nur für eine Weile.«

Gerard lachte. »Aber das kommt natürlich überhaupt nicht infrage.«

Er trank seinen Wein aus und fragte, ob sie noch etwas wolle.

»Warum lachst du darüber?«, fragte Olivia. »Ist das so eine komische Idee?«

»Das ist doch nicht dein Ernst, oder?«

»Warum denn nicht?«

»Du und dein Bruder, unter einem Dach?«

»Ja?«

»Das kannst du doch gar nicht.«

»*Ich* kann das nicht?«

Sie sahen einander verwundert an, beide gleichermaßen von den Worten des anderen überrascht.

Olivia sagte: »Ich würde mir wünschen, wenn Verwandte in unserem Haus willkommen wären.«

»Selbstverständlich ist deine Verwandtschaft willkommen.«

»Ach ja?«

»Wer sagt denn, dass er das überhaupt möchte.«

»Er wünscht sich das.«

»Hast du es schon zugesagt?«

»Zugesagt, na ja, zugesagt …«

»Verdammt noch mal, Olivia, das gibt's doch nicht.«

»Du hast doch gerade gesagt, dass meine Verwandtschaft willkommen ist!«

»Ich wünschte, du würdest nicht alles allein entscheiden, sondern mit mir die Dinge besprechen, die mich auch betreffen. Ist das zu viel verlangt?«

»Ist das alles?«

»Dein Bruder ist von Herzen willkommen.«

»Na also.«

»Du machst immer alles so kompliziert.«

»Bitte?«

»Wir können kein Gespräch über deinen Bruder führen, ohne dass du überreagierst. Und in neun von zehn Fällen verstehe ich überhaupt nicht, wo das Problem liegt. Er ist ein bisschen pathetisch, aber sonst doch ganz nett, oder?«

Gerard stand auf.

»Was machst du?«

»Ich hole noch was. Du?«

»Ich habe noch.«

Olivia sah leicht verstört auf ihr Weinglas, weil das Gespräch so ganz anders verlief, als sie es erwartet hatte.

Als Gerard sich wieder zu ihr setzte, sagte er: »Wenn es mein Bruder wäre, hätte ich dasselbe getan.«

Sie nickte und hätte eigentlich zufrieden sein müssen.

Sie baten Tom, den Fernseher auszuschalten. Er stellte nur den Ton ab und hörte ihnen widerwillig zu.

»Also, euer Onkel wird eine Weile hier wohnen.«

Gerard hatte den Arm um Olivias Schultern gelegt.

»Hier?«, fragte Tom.

»Solange er die Reha macht.«

»Aber du magst doch keinen Besuch.«

»Das hier ist anders«, sagte Olivia. »Das ist Verwandtschaft.«

»Kann ich den Fernseher wieder anmachen?«

Als Julius nach Hause kam, war Tom schneller als seine Eltern. Er hatte die Jacke noch nicht ausgezogen, als Tom auch schon sagte: »Unser verrückter Onkel wird hier bei uns wohnen.«

»Ein Scherz, oder?«

»Marcus wird eine Weile bei uns wohnen«, sagte Gerard.

»Hat er wieder mal keine Wohnung?«

»Dein Onkel hat sehr wohl eine Wohnung«, sagte Olivia. »Aber ihm fehlt ein Bein, und solange er seine Reha macht, kommt er zu uns.«

»Kein guter Plan«, sagte Julius und ging.

»Wo gehst du hin?«, fragte Olivia.

»Ins Bett.«

»Gute Nacht.«

»Ja.«

Bart erkundigte sich immer mal wieder nach ihrem Bruder.

Einmal fragte sie: »Fragst du das, um die Gesellschafter auf dem Laufenden halten zu können?«

»Ich frage einfach nur, wie es ihm geht«, sagte Bart. »Und, ja, auch die Familie Kyvon erkundigt sich ab und zu, wie es aussieht. Sie nehmen sehr viel Anteil.«

»Sie können mich doch auch selbst fragen?«

Bart schwieg.

»Was denn?«

»Das scheint ein sensibles Thema zu sein.«

»Ja?«

Danach hatte er die Sache nicht mehr angesprochen. Doch als es so weit war, dass Marcus bei ihnen einzog, schien es ihr seltsam, es ihm nicht zu erzählen.

»Du wirst nicht glauben, was dieses Wochenende passiert.«

»Ein Tennisturnier?«

»Mein Bruder zieht bei uns ein. Solange er seine Reha macht. Wir holen ihn morgen aus dem Krankenhaus ab.«

Bart sagte: »Damit machst du den Gesellschaftern eine große Freude.«

Sie wurde rot.

Der Aufzug war breit genug, ebenso wie die Flure, und auch ihre barrierefreie Wohnung mit dem Gussboden schien wie geschaffen für einen Rollstuhl.

Marcus war erst ein Mal hier gewesen.

Sie erinnerte sich noch genau, wie er in ihrem Wohnzimmer stehengeblieben war, sich schüchtern umgesehen und gesagt hatte: »Es ist hier ganz schön hell.« Er war der Einzige, der es so sagen konnte, dass es wie ein Nachteil klang.

Beinahe geräuschlos schob sie ihren Bruder in die Küche. Sie war froh, dass die Sonne heute nicht schien. Der Rollstuhl passte nicht schlecht zur Einrichtung. Der Reifen, der Stahl und das Leder verbanden Marcus mit dem Haus.

Gerard schnitt gerade Möhren für die Bolognese und winkte Marcus mit dem Messer zu. »Willkommen.« Tom, der auf der Bank lag und einen Comic las, sah kurz auf, nuschelte »Tag« und las weiter. Julius fehlte die noch kindliche Unbekümmertheit seines jüngeren Bruders. Er hatte gelangweilt an der Spüle gestanden und richtete sich jetzt fast erschrocken auf.

»Hallo.«

Marcus sah seinen Neffen an. Es war Jahre her,

dass sie sich gesehen hatten. Sicherlich fiel ihm gleich auf, wie groß Julius geworden war, er sagte aber nichts dazu. Julius kam ohnehin mit seinem Körper nicht gut zurecht, und nun musste er aus seiner schwankenden Höhe auf einen Mann in einem Rollstuhl hinabschauen. Er hatte die langen Arme vor der Brust verschränkt und sah seinen Onkel an. Vermutlich versuchte er, den Blick auf das fehlende Bein zu vermeiden.

»Wie geht's?«, fragte er plötzlich.

Es war das erste Mal überhaupt, dass Olivia diese Frage von ihm hörte.

»Heute ist ein schwieriger Tag«, sagte Marcus.

»Hast du … Schmerzen?«, fragte Julius.

»Das auch«, antwortete Marcus. »Immer.«

»Das auch?«, fragte Julius.

»Kummer«, sagte Marcus, ohne seinen Blick von dem Jungen abzuwenden.

Olivia erschrak über Marcus' Antwort. Sie sah ihren ältesten Sohn an, der errötete, als hätte man ihm etwas Obszönes gesagt. Von Tom sah sie nur den Nacken, und doch glaubte sie zu erkennen, dass er gefror und nicht weiterlas. Gerard hörte auf, die Möhre zu schneiden. War dieses Wort jemals in ihrem Haus laut ausgesprochen worden? Mit diesem Benennen schien es plötzlich möglich – für sie alle –, dass sie bekümmert sein konnten, es vielleicht sogar waren.

Julius hob lässig die Hand. Olivia wusste, was er

tun würde. Als er klein war, hatte sie ihm erzählt, dass man sich fest ins Ohrläppchen kneifen müsse, wenn man rot würde. So könne das Blut wieder aus dem Gesicht abfließen.

Beim Essen blieb das Gespräch an der Oberfläche. Gerard bemühte sich redlich, die Konversation am Laufen zu halten, und die Söhne benahmen sich für ihre Verhältnisse ausgesprochen höflich. Als würde ihr Onkel eine Art freundliche Ehrfurcht in ihnen wecken.

Beim Frühstück weinte Marcus lautlos. Olivia sah von ihrer Zeitung auf, wollte ihn gerade fragen, ob er noch Kaffee haben wollte, und sah seine Tränen. Normalerweise hätte sie dem keine große Beachtung geschenkt – der Mann weinte, wie sich andere Leute räusperten –, aber sie bemerkte, dass ihre Söhne sie ansahen. Selbst Gerard ließ seine Zeitung sinken.

Olivia legte ihrem Bruder eine Hand auf den Rücken.

»Geht es?«, fragte sie.

Die ganze Familie hielt den Atem an und wartete auf seine Reaktion. Marcus schüttelte den Kopf.

»Nein«, sagte er leise. Falsche Antwort.

Tom sah ängstlich zu seiner Mutter.

Niemand regte sich, nur die Tränen flossen weiter. Gerard starrte auf den Sportteil, las aber nicht.

Olivia fragte ihren Bruder nie, ob es »ging«. Seine Heulerei war ein bizarres Phänomen, über das Gerard und sie ihre Witzchen machten. Aber als sie nun so dasaß, mit der Hand auf seinem Rücken, und die Angst in den Blicken der Jungen sah, als sie spürte, wie sehr der weinende Mann an ihrem Küchentisch die beiden beeindruckte, war es über ihre Blicke auch um sie geschehen.

Über fünfzig Jahre lang hatte ihr Bruder Tränen vergossen, so lange, bis sie sie ernst nahm. Es war, als hätte sie immer vermutet, in einer Komödie zu spielen, und jetzt erst erkannt, dass es eine Tragödie war.

»Tut mir leid«, sagte Olivia.

Endlich wischte sich Marcus die Wangen ab und sagte ganz ruhig: »Es ist, als würden meine Beine in Flammen stehen. Und zwar beide.«

Die Familie schwieg. Fünf Menschen spürten, wie ihre Beine in Flammen standen.

Dann lächelte Marcus, doch das Unglück war schon passiert. Nicht nur der Kummer, sondern auch der Schmerz hatte die Familie erfasst.

Erst als Marcus sich zum Mittagsschlaf zurückzog und sie hörte, dass sich die Tür des Gästezimmers schloss, verließ Olivia das Haus, um einzukaufen. Sie wagte es sich kaum einzugestehen, aber ihr war angst und bange bei dem Gedanken, dass sie ihren Mann und die Kinder mit ihrem Bruder allein-ließ.

Als sie wieder nach Hause kam, schlief Marcus noch. Sie traf die Jungen in der Küche an, zusammen vor dem Laptop. Olivia konnte sich kaum erinnern, wann die beiden zum letzten Mal etwas zusammen gemacht hatten. Gerührt beobachtete sie Tom und Julius, die sich vertraut aneinanderlehnten. Julius zog den Laptop zu sich heran und las etwas vor. Nach und nach drangen die Worte zu Olivia durch.

»Nervenschmerzen sind Schmerzen, die durch eine Schädigung der Nerven ausgelöst werden. Durch die Schädigung entstehen Kurzschlüsse und spontane Reizungen des Nervs.« Er scrollte weiter und las hier und da ein paar Sätze laut vor, über Phantomschmerzen und neuropathische Schmerzen. Er kam mit allerlei Vergleichen: als hätte man Stacheldraht um die Beine, liefe durch Brennnesseln oder als würden Ameisen unter der Haut herumkrabbeln. Er las es mit einer gewissen Sensationslust vor, als ginge es um einen Gruselfilm, den sie sich anschauen wollten. Allerdings sah sie an Toms Gesicht, dass er sich jede der beschriebenen Qualen so gut wie möglich vorzustellen versuchte.

Gerard kam herein und sagte: »Sitzt ihr da noch immer?« Er wusste offenbar, was sie dort trieben. »Hat euer Onkel euch die Website gezeigt?«

»Findet man auch so«, sagte Julius, »Schmerzen bei Diabetes und Amputationen.«

»Habt ihr nichts Besseres zu tun?«

»Wusstest du, dass das Absterben von Gliedmaßen zu den schrecklichsten Schmerzen gehört, die es gibt?«

»Nein«, sagte Gerard.

Tom sagte: »Aber ihr wisst doch, was Onkel Marcus alles hat, oder?«

»Ja«, sagte Olivia, »natürlich.«

Als sie abends an Toms Zimmer vorbeikam, hörte sie ihn weinen. Sie blieb im Flur stehen. Sie hatte sich angewöhnt, den Jungen ihre Privatsphäre zu gönnen. Wenn sie mit Freunden in ihren Zimmern saßen, tat sie, als würde sie ihre Gespräche nicht hören. Stand ihre Tür offen, wenn sie sich umzogen, sah sie weg.

Sie klopfte an.

»Tom?«

Das Weinen hörte sofort auf.

»Tom?«

»Ja?«

Sie öffnete die Tür. Er lag im Bett und tat, als würde er ein Buch lesen. Olivia trat ein und setzte sich zu ihm aufs Bett. Tom legte das Buch zur Seite.

»Kann man da nichts gegen machen?«, fragte er.

»Dass er immer Schmerzen hat, das ist doch nicht normal.«

»Das kommt von dem Diabetes.«

»Aber das ist doch nicht normal.«

Olivia schwieg.

»Hat er das schon lange?«

»Ja. Er … ist es gewöhnt.«

»Das kann nicht sein. Dass man das Gefühl hat, die Beine stehen in Flammen, an so was kann man sich doch nicht gewöhnen.«

»Es ist wohl manchmal schlimmer und manchmal etwas weniger schlimm.«

»Ich hab gedacht, er ist einfach nur verrückt. Ihr redet über ihn, als wenn er nicht ganz richtig im Kopf ist. Aber der Mann hat doch die ganze Zeit Schmerzen.«

Gerard stand in der Tür. »Du sollst keine Krankheiten googeln.«

Olivia saß am Küchentisch und rechnete noch einmal die finanziellen Konsequenzen einer Investitionsentscheidung durch, während Gerard mit einem Glas Wein in der Hand um sie herumschlich. Er machte ein besorgtes Gesicht.

»Ist doch der erste Tag«, sagte Olivia. »Er wird schon nicht bei jedem Frühstück dasitzen und heulen.«

»Schläft er schon?«

»Glaub schon.«

»Wir haben uns das nicht richtig überlegt, oder?«

»Gerard, ich muss das hier fertig machen.«

»Dein Bruder ist krank.«

»Zehn Minuten noch.«

Sie vertiefte sich in ihre Zahlen, nicht mehr als ein paar Minuten, wie sie glaubte, aber als sie aufsah, war Gerard schon zu Bett gegangen. Das kam ihr nicht ungelegen. Sie ließ sich Zeit, als sie das Licht ausmachte und die Haustür abschloss. Sie hoffte, dass Gerard schlief, sie wollte nicht jetzt schon hören, wie schlecht diese Idee gewesen war. In Gedanken verteidigte sie ihren Bruder. Er hatte an diesem Tag nur ein Mal geweint, das war für seine Verhältnisse sehr wenig, und er hatte jetzt allen Grund dazu.

Gerard schlief nicht. Er saß auf dem Bettrand, das Gesicht in die Hände gelegt. Er hob den Kopf, sie erwartete seinen verbissenen Blick, die zusammengepressten Lippen – aber seine Augen waren gerötet und der Mund entspannt. Er war der dritte Mann, den sie an diesem Tag weinen sah, und sie bekam einen Lachanfall.

»Sag mal, fehlt dir was?«, rief Gerard.

Olivia ging in die Knie, stammelte Entschuldigungen, streckte die Hand nach ihm aus, die er wegstieß. Aber sie konnte nicht aufhören zu lachen.

Er würde gleich mitlachen. Denn das war es, was sie gemeinsam hatten: dass sie im falschen Moment lachten, dass sie Sentimentalitäten ablehnten. Sie wusste ja, warum sie ihn liebte. Aber Olivia lachte allein.

Es war drei Uhr in der Nacht. Olivia saß im dunklen Wohnzimmer und sah auf die Stadt hinaus. Ein Fluch hatte sich über das Haus gelegt.

Sie hörte die Reifen des Rollstuhls im Flur.

»Nicht erschrecken«, sagte sie. »Ich sitze hier.«

»Kannst du nicht schlafen?«, fragte Marcus.

»Und du?«

Marcus schob sich neben sie. Er trug einen altmodischen gestreiften Schlafanzug, er hatte das leere Hosenbein unter sich gefaltet.

»Ich habe gehört, dass ihr Streit hattet.«

»Sorry.«

»Es ist euer Haus.«

»Waren wir sehr laut?«

»Ich habe nur Gerard gehört.«

»Ich bin schlecht im Streiten.«

»Früher nicht.«

Nach ihrem deplatzierten Lachanfall über Gerards Tränen hatte sich Olivia scheinbar gelassen seine Klagen angehört.

»Die Leute halten mich für unterkühlt«, sagte sie zu ihrem Bruder, »aber Gerard hat immer behauptet, er würde das durchschauen.«

»Ja?«

»Aber jetzt sagt er, dass er gern etwas anderes sehen *wollte*, wo es vielleicht nichts zu sehen gab. Dass ich einfach unterkühlt *bin*.«

»Ich finde dich nicht unterkühlt.«

»Nein?«

»Du bist doch meine Schwester.«

Ihr Bruder fuhr mit seinem Rollstuhl vor und zurück.

»Wir sind jetzt zwanzig Jahre zusammen«, sagte Olivia, »und nach zwanzig Jahren sagt er: ›Vielleicht sehe ich dich doch anders, als du bist.‹ Das ist doch Unsinn.«

Neben Marcus, in seinem Rollstuhl, steckte eine Flasche Cola. Er nahm einen Schluck und reichte Olivia die Flasche.

Olivia trank und fragte: »Willst du Chips?«

»Die Tüte, die auf der Anrichte lag?«

»Ja.«

»Ist schon leer.«

Er streckte seine Hand nach der Flasche aus. Es rührte sie, dass er die Flasche nicht abwischte, bevor er einen Schluck nahm, dann wurde ihr bewusst, dass sie es auch nicht getan hatte.

Sie sah vor sich hin.

»Er meint, dass ich ihn nicht brauche.«

Es wunderte sie, wie leicht sie ihren Bruder ins Vertrauen zog, es lag wohl an der Dunkelheit.

»Er sagt, dass die Arbeit für mich am wichtigsten ist – wenn es da gut läuft, geht es mir gut. ›Ansonsten interessiert dich eigentlich nichts‹, hat er gesagt. ›Wenn ich morgen weggehen würde‹, hat er gesagt, ›wäre das für dich vor allem ein organisatorisches Problem.‹«

»Und? Stimmt das?«

»Warum kommt er jetzt damit an?«, fragte Olivia. »Gerade, wenn du da bist? Ziemlich blöd.«

Irgendwo dort draußen zwischen den Lichtern, auf die sie sahen, lag ihr Elternhaus.

»Ich werde dieses Jahr achtundfünfzig«, sagte Marcus.

»Älter als Papa geworden ist.«

»Ja.«

»Ich fand die Vorstellung, dass du fünf Jahre ohne mich existiert hast, immer seltsam.«

Sie sah zur Seite. Marcus nickte langsam, als hätte er das längst gewusst.

Sie fragte: »Hast du viele Erinnerungen an die ersten fünf Jahre?«

»Denkst du, dass ich erst angefangen habe, mich zu erinnern, als du da warst?«

Er klang feindselig.

Sie sah wieder vor sich hin und gab zu: »Vielleicht würde ich gern hören, dass es eine Zeit gab, in der ich noch nicht existiert habe, und dass es damals auch gut war.«

»Es war aber nicht gut.«

»Sag das doch nicht.«

»Du weißt, dass ich vernachlässigt wurde.«

Olivia drehte sich noch weiter von ihm weg, betrachtete die andere Seite der Stadt.

»Du übertreibst immer so«, sagte sie. »So schlimm waren sie doch nicht?«

»Wer hat sich denn um dich gekümmert, bevor du in die Schule kamst?«

»Du.«

»Und wer sonst noch?«

»Das hat doch gut geklappt.«

»Ich habe mich um dich gekümmert. Und wer hat sich um mich gekümmert, als es dich noch nicht gab? Na, was meinst du?«

Die Leere drohte in sie einzudringen. Ihre Eltern hatten bis spät abends im Laden gearbeitet und die Kinder sich selbst überlassen. Sie war immer mit ihm zusammen gewesen. Jetzt versuchte sie, sich selbst aus diesem Bild wegzudenken, und stellte sich Marcus als Kleinkind vor.

In dem schmalen Durchgang zwischen dem Gemüseladen und dem Wohnbereich hatte ein Schwarzweißfoto ihrer Mutter mit Marcus als Kleinkind gehangen. Sie hatte oft davorgestanden und die beiden bewundert.

Sie sind bei Freunden im Garten, auf einem kleinen Rasenstück. Ihre Mutter trägt ein Sommerkleid, sie hockt und rollt ihrem Sohn, der ihr breitbeinig gegenübersitzt, einen Ball zu, er hat die Ärmchen zum Ball hin ausgestreckt. Ein ausgesprochen hübscher Zweijähriger, das dunkle Haar gescheitelt, ein engelhaftes Lächeln auf dem Gesicht.

»Wo war das?« Sie hatte es öfter gefragt. Die Antwort »Bei Freunden« hatte für sie einen magischen Klang gehabt. Sie hatte ihre Eltern nie mit Freunden gesehen, es gab ein paar Verwandte, wenn sie überhaupt die Zeit dafür aufbringen konnten, aber irgendwann hatten sie also Freunde gehabt, auf dem Rasen gesessen und mit ihrem Sohn gespielt. Die Fantasie hatte ihren Ausgang von diesem Foto genommen, und sie hing an ihr. Als Kind war daraus die Wahrheit geworden: Mutter und Sohn hatten fünf Jahre lang miteinander gespielt, bei Freunden, in einem Sommer, der ewig währte. Sie liebte diese schöne, junge, fröhliche Frau. Einst war ihre Mutter diese Frau gewesen und ihr Bruder der engelhafte Junge.

»Ich habe das Foto von dir und Mama, wo ihr zusammen mit einem Ball spielt.«

»Ja.«

»Ich liebe dieses Foto.«

Er sagte nichts. Sie schaute ihn an. Ihre Augen hatten sich an die Dunkelheit gewöhnt, und sie sah den verletzten Zug um seinen Mund.

»Willst du es haben? Es ist eigentlich ein bisschen komisch, dass das Foto bei uns herumliegt.«

Es war still. Natürlich wollte er das Foto nicht haben.

Sie erwartete eine bissige Bemerkung, etwas Boshaftes, Tränen, aber Marcus streckte den Arm aus, fasste ihre Hand und sagte leise: »Ich weiß, dass du uns so sehen willst.«

Da war er kurz wieder, der ältere Bruder, der sich um sie kümmerte, und sie, die es geschehen ließ, eine Ewigkeit war das her. Ihre Hand lag in seiner. Eine Hand, die sie jahrelang durch die Straßen zum Kindergarten geführt hatte, eine Hand, die sie festhielt, wenn sie die Straße überquerte. Bis zu dem Tag, an dem sie ihn nicht mehr brauchte. Sie war fünf, sie hatte Freundinnen, sie kannte den Weg, und ihr großer Bruder war ein zu dicker, weinerlicher Sonderling, der mit ihr und ihren Freundinnen spielen wollte. Plötzlich war er jemand geworden, für den sie sich verantwortlich fühlte, sein Glück hing von ihr ab.

Sie spürte die Schuld, die zu groß war, die sie loswerden wollte. Er war ein Junge, den man vernachlässigt hatte, dessen Leben leichter wurde, als er eine kleine Schwester bekam, derer er sich annehmen musste. Sie trösten zu können war sein Trost gewesen. Doch sobald sie groß genug war, hatte sie ihn verlassen, und er war wieder allein. Ihr Mitleid mit ihm war immer mit Schuld vermischt gewesen. Sie hatte nie wirklich glauben wollen, dass dieses Foto nicht seine Wirklichkeit gewesen war. Sie konnte sein Unglück nicht ertragen.

Sie saßen noch immer Hand in Hand da, ohne sich jetzt anzusehen. Olivia kehrte in die allerersten Jahre zurück und stand mit ihm wieder vor dem Zebrastreifen an der stark befahrenen Kreuzung, an der großen Straße, die sie nicht allein überqueren durfte, ihre Hand in seiner, sie war glücklich. Sie lächelte und sah zur Seite. Ihr Bruder weinte. Natürlich. Sie musste sich zwingen, seine Hand nicht loszulassen.

Sie wartete, bis Marcus vom Kleinbus der Klinik abgeholt wurde, bevor sie am Montagmorgen zur Arbeit ging.

Als sie über die Schwelle ihres Büros trat, kam eine vertraute Ruhe über sie.

Bart hatte sie gebeten herauszufinden, ob ein neuer Festnetz- und Mobilanbieter für sie sinnvoll wäre. Sie hatte sich schon vorher informiert, aber sie war am Morgen früher aufgestanden, um nachzusehen, ob sie auch mit einem anderen Stromanbieter besser bedient wären. Sie druckte gerade die Ergebnisse aus.

Bart setzte sich nicht an ihren Schreibtisch, sondern auf das Sofa.

»Und?«, fragte er. »Wie ist es gelaufen? Das erste Wochenende?«

Sie bekam Magenschmerzen. Es gab kein Entkommen.

»Es ist gut, dass wir keine Türschwellen haben.«

»Habt ihr keine Türschwellen?«

»Wir haben so einen Gussboden, im ganzen Haus.«

»Ach ja?«

Schweigen.

»Und wir haben einen Aufzug, einen sehr geräumigen Aufzug.«

»Ja … das ist auch praktisch.«

Sie hätte wirklich gern eine gescheite und gefühlvolle Antwort gegeben, aber sie wusste nicht, wo sie anfangen sollte, und sagte dann nur: »Er weint viel.«

»Ja?«

Sein fragendes »Ja« hallte in ihr nach, sie dachte: Ja, das habe ich doch gesagt, ja.

Sie nahm das Papier aus dem Drucker und reichte es ihm.

»Ein neuer Telefonanbieter bringt uns richtig was, und ich habe uns auch gleich noch einen neuen Stromanbieter gesucht.«

Bart nahm es zufrieden zur Kenntnis und ging rasch zur Neugestaltung des Erdgeschosses über. Es sei ohne Zweifel so, dass die Schaufenster umgebaut werden müssten: Bildschirme, bessere Beleuchtung. Olivia hatte die Kosten am Wochenende berechnet und wies noch einmal darauf hin, dass ein höherer Gewinn nötig sein würde, um die Pläne zu finanzieren. Woraufhin Bart noch einmal sagte, dass es unvermeidlich sei, das Risiko einzugehen, und wieder mit seiner ewigen Bergsteigermetapher kam: Man muss erst eine Hand loslassen, um weiterklettern zu können. Olivia wiederholte nur nüchtern die Zahlen, und als sie zu den Personalangelegenheiten kamen und den langen Krankheitsausfall eines Mitarbeiters in der Patisserie besprachen, fühlte sich Olivia schon wieder etwas besser.

Am Nachmittag rief Marcus an.

»Du rätst nie, wo ich bin.«

»In der Tages-Reha, will ich hoffen.«

»Ich stehe unten. Wollen wir zusammen mittagessen?«

»Unten? Wo?«

»In deiner Firma, im Laden. Nicht schlecht, oder?«

Sie sah, dass Herr Kyvon über das Festnetz anrief.

»Ich setz dich in die Warteschleife, ich muss kurz auf die andere Leitung.«

»Störe ich?«, fragte Kyvon.

Nein, antwortete sie, er störe nicht, was könne sie für ihn tun?

Er wolle sie nicht überfallen, sagte er, aber er sei gerade in der Nähe, vielleicht könnten sie einen Kaffee zusammen trinken?

»Wir sollten uns ein wenig besser kennenlernen.« Selbstverständlich nur, wenn es gerade passe.

Natürlich passte es.

»Ich bin in fünf Minuten da, wenn es Ihnen recht ist.«

»Ich habe noch einen … Telefontermin«, sagte Olivia, »aber der ist in zehn Minuten erledigt.«

»Splendid!«

Olivia ging wieder auf die andere Leitung. »Wo bist du denn genau?«

»Bei den Törtchen. Sind die gut? Die Törtchen?«

»Ich komme runter.«

Olivia nahm die Treppe, sie ging davon aus, dass Herr Kyvon den Aufzug nehmen würde. Da war diese ebenso selbstverständliche wie akute Angst, dass die beiden aufeinandertreffen könnten. Über die Absurdität dieser Angst dachte sie in der Eile nicht nach.

Marcus stand mit dem Rollstuhl im Foyer. Er trug einen Trainingsanzug. Bequeme Kleidung, das hatte die Klinik vorgeschrieben.

Er betrachtete die Kronleuchter. »Wie schön es hier ist.«

»Hast du keine Therapie?«

»Heute nur die Aufnahme und eine Stunde Übungen. Ab morgen den ganzen Tag. Stör ich?«

»Ich habe einen Termin.«

»Okay.«

»Wenn ich es vorher gewusst hätte …«

»Ich wollte nur mal sehen, wo du arbeitest. Ich habe gesagt: ›Setzen Sie mich einfach hier ab.‹ Ich bin ja noch nie hier drin gewesen. Aber ihr solltet mal was mit den Türschwellen machen. Das ist nicht wirklich rollstuhlfreundlich hier.«

»Und wie willst du wieder nach Hause kommen?«

»Mit der Straßenbahn, die haben doch inzwischen einen niedrigen Einstieg?«

Kyvon entdeckte sie sofort, als er hereinkam. Er winkte ihr überschwänglich zu.

»Ach, Sie sind schon fertig.«

Olivia schüttelte scheu den Kopf, merkte, dass sie sich seltsam benahm, und schüttelte noch einmal den Kopf, diesmal, um sich selbst zur Ordnung zu rufen.

»Oder müssen Sie noch telefonieren?«

Marcus sah von ihr zu Kyvon und wieder zurück.

»Herr Kyvon, darf ich Ihnen vorstellen: Das ist mein Bruder Marcus, er war gerade in der Nähe.«

Sie gaben einander die Hand.

Kyvon starrte taktlos auf das leere Hosenbein mit dem Knoten darin und fragte: »Sind Sie bequem hier hereingekommen?«

»Na ja, die Türschwelle ist nicht gerade praktisch.«

»Genau!« Er rief es fast. »Das sage ich schon seit Jahren, das ist eine elende Schwelle, dagegen müsst ihr wirklich etwas unternehmen.« Er zeigte auf Olivia.

Sie sagte: »Sie wissen, dass das Gebäude unter Denkmalschutz steht …«

»Quatsch!«

Marcus lachte laut.

»Wie geht es Ihnen jetzt?«, fragte Kyvon. »Wir waren ziemlich erschrocken, das kann ich Ihnen sagen, an dem Tag, als Ihre Schwester plötzlich wegmusste, als Ihnen …« Er zeigte mit einer wegwerfenden Bewegung auf das verschwundene Bein.

»Machen Sie Ihren Anruf«, sagte Kyvon zu Olivia, »dann trinken wir hier was, und wir sehen uns gleich. Möchten Sie geschoben werden, oder fahren Sie lieber selbst?«

Olivia saß in ihrem Büro und erinnerte sich an ihre erste Freundin aus der Vorschule, die, wenn sie zu ihnen nach Hause kam, lieber mit Marcus spielte als mit ihr. So etwas war später nicht mehr vorgekommen. Je älter sie wurden, desto sonderbarer wurde das Verhalten ihres Bruders, und desto weniger wollten ihre Freundinnen etwas mit ihm zu tun haben. Sie fragte sich, ob Marcus in Kyvons Anwesenheit weinen würde.

Nach zehn Minuten ging sie wieder nach unten. Sie sah, dass zwischen den beiden Männern etwas passiert war. Kyvon starrte Marcus regungslos an.

Der saß vornübergebeugt an dem Tischchen und redete lebhaft auf ihn ein. Sie hatte Kyvon noch nie so aufmerksam zuhören sehen. Ihr fiel ein, was Marcus über ihren Mann gesagt hatte, dass er ohne sie »sanfter« war.

Als Olivia zu ihnen kam, hörte sie ihn noch sagen: »Sie können das. Wenn ich es kann, können Sie es auch.«

»Ich bin fertig«, sagte Olivia etwas zu leise. Sie hörte sich an wie ein Kind.

Kyvon wandte den Blick nicht von Marcus und fragte: »Was machen Sie denn beruflich?«

»Wandercoach.«

Kyvon lächelte behutsam. Olivia sah Marcus angespannt an.

»Sie machen Witze«, sagte Kyvon.

»Nein«, sagte Marcus, der jetzt lachte. »Wenn es nur ein Witz wäre!«

Sie lachten laut los. Olivia stand verdattert daneben und hörte sich selbst sagen: »Ja, wirklich sehr witzig.«

Sie saßen auf der dem Laden abgewandten Seite, Kyvon bestand darauf, dass sie Törtchen äßen. Olivia versuchte zu erkennen, wie ihr Bruder an der Haltestelle zurechtkam, konnte ihn aber nicht sehen.

Kyvon blickte besorgt zum Eingang des Ladens und sagte nach einer halben Stunde: »Ich habe einundzwanzig Kunden gezählt, die hereingekommen sind. Das wäre früher nicht möglich gewesen, dass man sie zählen konnte.«

»Wir haben einen guten Plan für die Neugestaltung des Erdgeschosses.«

»Zweiundzwanzig.«

»Es ist Montag.«

»Ich finde es schön, was Sie für Ihren Bruder tun.«

»Er hat sonst niemanden.«

»Es ist gut, dass Sie die Möglichkeit haben, nicht wahr?«

Olivia sagte nichts. Kyvon sah sie weiter an. Er wartete auf ihre Antwort. Der Mann wollte sie kennenlernen. So war das hier üblich, das hatte Bart ihr schon erzählt. Olivia wollte einfach ihre Arbeit machen, sie wollte sie gut machen, und auch jetzt wollte sie das Richtige sagen.

Sie sagte: »Ich weiß nicht, ob ich das gut finde. Ich weiß nur, dass ich es tun muss.«

Sie fühlte sich angreifbar nach diesem Geständnis. Sie verstand nicht, warum sie so ehrlich war. Vielleicht lag es an seinem aufrichtigen Interesse, das sie unvermittelt getroffen hatte.

Er rutschte ein wenig tiefer in seinen Stuhl, entspannte sich und sagte: »Meine Schwester ist eine unglaubliche Zicke, Sie haben sich auf der Feier doch länger mit ihr unterhalten, oder? Eine ganz schöne Zicke, was?«

Olivia kicherte und fragte: »Frau Grim?«

»In dieser hässlichen Reithose! Mit solchen Hüften trägt man doch nicht so eine Hose, oder? Würden Sie so eine Hose tragen? Na ja, Sie können so etwas tragen. Aber sie ist eine Zicke. Diesmal hatten wir den falschen Champagner. Egal was, irgendwas ist immer falsch. Die Frau kann nie mal etwas Nettes sagen, sie kriegt es nicht hin. Braucht man sich also auch nicht anzuhören. Wenn sie nichts zu kritisieren hat, hat sie das Gefühl, dass sie nicht am Leben ist. Hören Sie, das ist keine persönliche Meinung, das ist eine Tatsache: Wenn sie nicht zickig sein kann, ist sie nicht zufrieden. Sie haben sich mit ihr unterhalten, nicht wahr?«

»Ja.«

»Hat sie was Nettes gesagt?«

Olivia versuchte, sich an das Gespräch zu erinnern.

Als sie gerade widerwillig zugeben wollte, dass es etwas unangenehm gewesen sei, sagte Kyvon: »Natürlich hat sie nichts Nettes gesagt. Aber wenn Sie *ein* falsches Wort über sie sagen, sorge ich dafür, dass Sie nächste Woche auf der Straße stehen. Denn die Zicke ist immerhin meine Schwester.«

Olivia schluckte.

»Sie und Ihr Bruder«, sagte er, »Sie haben genau die gleichen Augen.«

Er hatte recht. Olivia konnte in den Spiegel schauen

und ihren Bruder sehen. Manchmal blitzte etwas auf, das sie erkannte, sein Blick, sein Augenaufschlag. Es gab Zeiten, in denen sie ihn öfter dort sah als in Wirklichkeit.

Kyvon schaute wieder zum Laden hinüber und sagte: »Mein Schwiegersohn hat das Geschäft zehn Jahre lang geleitet, zehn verlustreiche Jahre.«

»Acht.«

»Zwei Jahre mit einer schwarzen Null, ja, das war mehr Glück als Verstand.«

»Der Markt hat sich verändert.«

»In der Tat, dafür konnte er natürlich nichts.«

»Es ist eine gewaltige Herausforderung, das will ich nicht leugnen, aber wir haben einen guten Plan.«

»Warum sollten Sie schaffen, was er nicht geschafft hat?«

Olivia suchte die richtige ausweichende Antwort und sagte: »Wir müssen in die Zukunft schauen, nicht in die Vergangenheit.«

Kyvon sagte: »Als kleiner Junge hab ich zwischen dem Wedgwoodporzellan Verstecken gespielt.«

Olivia lächelte ihn an und erwartete weitere süße Erinnerungen, sentimentale Geschichten, die sie sich geduldig anhören würde.

»Dieses Lächeln«, sagte Kyvon und zeigte auf sie, »kriege ich jetzt schon seit ein paar Jahren zu sehen. So lächelt man alte Leute an, genau wie man Kinder anlächelt.«

Olivia fühlte sich ertappt, aber Kyvon sah amüsiert drein, und sie kicherte.

»Vielleicht hat Marcus recht«, sagte Kyvon.

»Marcus?«

»Loslassen.«

»Was hat mein Bruder gesagt?«

»Vielleicht kann er mal kommen und mit den Gesellschaftern reden.«

»Mein Bruder?«

»Wir schauen immer nur nach den Zahlen, aber es ist natürlich die emotionale Seite, die schwierig ist. Er macht doch öfter Coaching für Vorstände, oder?«

»Nein, er … Nein. Nicht auf diesem Level. Mein Bruder ist kein … Ich weiß nicht, welchen Eindruck er Ihnen vermittelt hat, aber seine Arbeit … mein Bruder … er … Ich will nicht gemein sein … aber er ist ab und zu mit Leuten gewandert, die er kannte, und dabei hat er sie beraten. Aber nicht in wirtschaftlichen Fragen …«

»Dieser van Erkel, der entführt wurde, der gibt doch auch Seminare darüber, was er daraus gelernt hat. Der Kerl kommt an, da täuschen Sie sich mal nicht. Ihr Bruder kann das auch. Was er durch das Bein gelernt hat! Das kriegt er hin.«

»Tut mir leid, aber Sie kennen meinen Bruder nicht.«

»*No worries*, ich will Ihre Familie da nicht mit hineinziehen, aber er hat recht.«

»Wieso recht? Loslassen? Der Junge tut nichts anderes, als ...« Sie stockte.

»Manchmal erinnern Sie mich an meine Schwester.«

Olivia errötete.

»Ich komme ins Schwätzen, der Laden ist unser Leben. Ich halte Sie von der Arbeit ab«, sagte er und stand auf. »Schön, dass ich Sie ein bisschen besser kennengelernt habe.« Er gab ihr die Hand und sagte: »Nein, bleiben Sie sitzen, lassen Sie sich das Törtchen schmecken. Die hier sind ein ganzes Stück besser als der Mist bei uns.«

Olivia sah dem alten Mann hinterher, der überraschend flott den Laden verließ.

Sie nahm, Kyvon gehorchend, einen Bissen von ihrem Törtchen und schob es dann wütend von sich.

Sie war im Flur und hörte Julius: »Ja, sag das mal meiner Mutter.« Olivia blieb stehen. Ihr Bruder hustete.

Er sagte: »Manchmal haben die Menschen Angst vor Gefühlen.«

»Das kann man wohl sagen«, pflichtete ihr Sohn viel zu bereitwillig bei.

Olivia trat in die Küche. »Worum geht es denn hier?«

»Auch hallo«, sagte Julius und verschwand in sein Zimmer.

»Redet ihr über mich?«

»Nicht wirklich.«

»Nicht wirklich?«

»Er wollte etwas über seine Großeltern wissen.«

»Ach ja? Das wäre dann das erste Mal.«

»Möchtest du ein Glas Wein?«, fragte Marcus.

»Darfst du mit deinen Medikamenten denn trinken?«

»Ich habe gefragt, ob du ein Glas Wein willst.«

»Trinkst du jetzt trotz der Medikamente?«

»Mein Gott«, rief er, »lass mich doch mal!«

»Fang jetzt bitte nicht an zu weinen.«

»Wie bitte?«

»Du wirst so schnell emotional.«

»Ich? Ich frage dich, ob du ein Glas Wein willst, und du machst gleich ein Drama daraus. Und warum führst du dich dem Jungen gegenüber so auf?«

»Ich habe ihn nur gefragt, worüber ihr geredet habt.«

»Es geht um den Ton.«

Olivia wurde bleich.

»Gibst du mir Erziehungsratschläge?«

Sie ging weg.

»Wo gehst du hin?«

Olivia drehte sich um, öffnete den Mund, es kam nichts.

»Was?«, fragte Marcus. »Was denn? Sag es ruhig!«

»Ich …«

»Ja?«

»Ich … habe …«

»Ja?«

»Ich habe keine Zeit für so was.« Sie lief ins Schlafzimmer und schlug die Tür hinter sich zu.

Schreiend kam Gerard aus dem Bett hoch: »Was ist?«

Olivia fasste sich vor Schreck an die Brust und schrie laut auf.

»Was ist denn los?«, fragte Gerard.

»Was machst du hier?«

»Ich bin krank. Ich habe dich angerufen, aber du bist nicht rangegangen.«

»Ich habe gearbeitet. Du hättest doch eine Nachricht auf den AB sprechen können.«

Er wischte sich die schweißnasse Stirn ab.

»Was hast du denn?«

»Ich weiß nicht. Ich fühle mich nicht gut.«

»Hast du Fieber?«

Olivia setzte sich neben ihn aufs Bett.

Gerard strich ihr eine Locke aus der Stirn. »Warum hast du die Tür so zugeknallt?«

»Marcus, ich habe mich mit Marcus gestritten.«

Gerard seufzte.

»Ich schaffe es einfach nicht, es richtig zu machen.«

Er stand auf, zog sich einen Morgenmantel an.

»Wenn es nicht geht, können wir immer noch schauen, ob er die Reha stationär machen kann. Du kannst ihn jederzeit besuchen.«

»Willst du das denn?«

»Olivia, wenn es nicht geht, dann ist das keine Schande.«

Sie sah darin kurz einen durchaus akzeptablen Ausweg. Nach diesem Ausbruch von Marcus könnte sie es einfach anschneiden, beginnend mit: In Anbetracht der Spannungen … oder: Wäre es nicht für alle Seiten besser, wenn …

Dann sagte Gerard: »Das Timing ist auch wirklich unmöglich, jetzt, wo wir gerade in einer Krise stecken.«

Olivia hatte das Gefühl, dass ihre Brust zusammengepresst und sie von zwei riesigen Händen ausgewrungen wurde. Sie ließen gerade noch ein dünnes Stimmchen durch, das erstaunt fragte: »Krise?«

»Ach komm, Olivia.«

»Ich weiß, dass wir darüber gesprochen haben … über dein … über … na ja, dass du denkst, dass ich meine Arbeit wichtiger finde als dich, aber …«

»Das ist eine etwas zu simple Darstellung des Sachverhalts.«

»Nach einem einzigen schwierigen Gespräch hat man doch nicht gleich eine Krise!«

»Liebst du mich?«

»Natürlich.«

»Oder liebst du unser Leben?«

»Das auch.«

In der Küche hörte man etwas zu Boden fallen, Marcus fluchte. Das Klirren von Glas.

Olivia stand auf.

»Jetzt lass ihn doch mal.«

»Vielleicht braucht er Hilfe.«

Sie hörten Toms Stimme.

»Ich sehe mal nach.«

»Warte, wir waren doch mitten im Gespräch.«

Olivia wartete. Sie wartete auf das Gespräch, das sie gerade führten, an dem sie aber gar keinen Anteil zu haben schien. Sie wartete auf seine Klagen und wusste, dass ihn ihre passive Haltung störte. Die Selbstverständlichkeit in ihrer Beziehung, die sie so schätzte, schien plötzlich ein Missverständnis zu sein. Sie wollte an seinen Gedankengang anknüpfen, fand aber keinen Halt.

»Schau mal«, sagte Gerard. »Die Jungs gehen immer mehr ihre eigenen Wege, wir haben gerade etwas mehr Zeit füreinander, und dann kriegst du plötzlich die neue Stelle, und jetzt, wo wir uns ein bisschen daran gewöhnt haben, kommt dein Bruder zu uns.« Er legte sich wieder hin.

Olivia sagte: »Wirklich schade, dass sie uns immer weniger brauchen. Wenn sie den ganzen Abend in ihren Zimmern sitzen, fehlen sie mir manchmal.«

»Mir fehlen die Jungs nicht«, sagte Gerard. »Du fehlst mir.«

Olivia legte sich neben ihn. Sie legte eine Hand auf seine Brust, sie sah ihn an, er starrte an die Decke. Sie stellte sich das Haus ohne ihre Söhne vor, nur Gerard und sie, und sie fragte sich, ob das reichte. Sie hatte erwartet, dass sie dann Raum für andere Dinge haben würde: mehr arbeiten, sich ein Hobby zulegen, vielleicht den Vorstand im Tennisverein übernehmen. Jetzt wurde ihr klar, dass ihr Mann diese Zeit für sich beanspruchte.

Beim Abendessen saß Gerard mit einer Decke über den Schultern da. Olivia fragte, ob das wirklich nötig sei.

»Ich bin krank.«

»Wenn du krank bist, solltest du im Bett bleiben.«

Gerard wandte sich Marcus zu, der neben ihm saß, und sagte: »Olivia kommt mit Kranken nicht so gut zurecht.«

Marcus lächelte ihn an, als sei er die Güte selbst, voller Verständnis, aber vermeintlich zu klug, um auf die Äußerung zu reagieren.

»Unsinn«, sagte Olivia.

»Aber das macht doch nichts, wenn du darin nicht so gut bist«, sagte Marcus, und auch sie bekam dieses übertrieben gütige Lächeln. Julius kicherte.

Tom begann, sich über einen Geschichtslehrer in der Schule zu beklagen, der keine Ordnung halten konnte. Niemand hörte ihm zu, es war eine lange, zähe Geschichte, aber nun, da Olivia spürte, dass sie die Kontrolle über ihre Familie verlor, zwang sie sich, Interesse zu zeigen, und begann, sich nach dem Geschichtslehrer zu erkundigen. War er denn immer schon so gewesen? War es in letzter Zeit schlimmer geworden? Fand Tom das ärgerlich? So zog sie die unerträglich dämliche Geschichte noch weiter in die Länge, aber ihr Sohn genoss die Aufmerksamkeit. So einfach konnte das sein.

Als Tom endlich fertig war, fragte er seinen Onkel munter: »Und? Wie war dein erster Tag?«

»Nett, dass du fragst«, sagte Marcus.

Olivia ließ das Besteck klirrend auf den Teller fallen. Die Männer sahen sie an.

Plötzlich stellte sie sich vor, sie hätte Töchter gehabt. Wäre sie eine andere geworden, wenn sie Töchter gehabt hätte? Was hatte sie an diesem Männertisch verloren?

»Ich habe mein Schwesterchen auf der Arbeit besucht«, erzählte Marcus.

»Ach ja?«, sagte Gerard.

Olivia stand auf, um den Tisch abzuräumen. Niemand half. So wie ihr niemand beim Kochen geholfen hatte oder beim Tischdecken.

»Ich habe Kyvon kennengelernt.«

»Ist der nicht tot?«, fragte Julius.

»Kyvon junior«, sagte Olivia, »achtzig Jahre jung.«

»Ich habe Kaffee mit ihm getrunken. Olivia hatte sich wegen eines Termins etwas verspätet. Während er also auf sie warten musste, haben wir unten etwas getrunken.«

Olivia schmiss den Geschirrspüler zu und sagte: »Ich habe mich keineswegs wegen eines Termins verspätet, der Mann hatte mich zwei Minuten vorher angerufen, dass er zum Kaffee vorbeikommen wollte!«

»Ach so, du hattest *ihn* auf der anderen Leitung, als wir telefoniert haben. Jetzt kapiere ich.«

»Was kapierst du?«, fragte Julius.

»Kyvon ist der wichtigste Gesellschafter«, sagte Olivia. »Es ist gut, sich Zeit für ihn zu nehmen.«

»Ja, das kapiere ich«, sagte Marcus.

»Was kapierst du?«, fragte Julius.

»Seit wann interessiert es dich, was auf meiner Arbeit passiert?«, fragte Olivia.

»Mensch, Herrgott noch mal.«

»Nenn mich nicht ›Mensch‹.«

»Wie denn sonst?«

»Julius, diesen Ton akzeptiere ich nicht.«

»Ich bin unerwartet bei dir im Geschäft aufgetaucht«, sagte Marcus, »und das passte gerade nicht gut.«

»Ich hatte dich nicht erwartet.«

»Ich dachte, dass du da die Chefin bist oder so, dass du dir die Zeit selbst einteilen kannst.«

»Das kann sie ja auch«, sagte Gerard.

»Ich habe mich sehr nett mit dem Herrn unterhalten.«

»Ich habe ihn noch nie getroffen«, sagte Gerard. »Er ist ein ziemlich unmöglicher Typ, oder?«

»Unmöglich? Ich fand ihn sehr … offen.«

»Offen?«, fragte Olivia.

»Ja.«

»Was hast du ihm denn gesagt?«

In der Küche herrschte angespannte Stille. Marcus sah auf seinen Teller.

»Ich habe gesagt, dass man manchmal etwas loslassen muss.«

»Und was wolltest du damit sagen?«

»Dass kein Schwein mehr in euren Schuppen kommt«, sagte Julius.

»War es ein Problem für dich, dass ich dazu etwas gesagt habe?«, fragte Marcus.

»Wir verraten noch nichts, aber wir werden diese Firma retten, Marcus.«

»Hättest du mich vor einem Monat gefragt: Was machst du, wenn sie dir das Bein abnehmen, hätte ich gesagt: Meinetwegen muss es nicht mehr sein.«

»Und … jetzt?«, fragte Tom behutsam.

»Ich bin lebenslustiger, als ich dachte.«

»Wir werden diese Firma retten«, wiederholte Olivia.

»Warum?«, fragte Marcus.

»Weil sie mich dafür eingestellt haben.«

»Manchmal«, sagte Marcus, »besteht der wahre Auftrag darin, den Auftrag nicht auszuführen und den größeren Mut zu haben, sich deswegen keine Vorwürfe zu machen.«

»Was?«, sagte Tom.

»Wer sagt das?«, fragte Julius.

»Leonard Cohen.«

»Dann sollte Leonard Hen mal Finanzchef werden und den Gesellschaftern erklären, dass wir den Stecker ziehen.«

»*Co*hen … Weißt du nicht, wer Leonard Cohen ist?«

Olivia stand mit einer Kanne Wasser an der Espressomaschine. Sie knallte sie auf die Anrichte, das Wasser schwappte über den Rand.

»Nein«, sagte sie, »ich weiß nicht, wer Leonard Cohen ist!«, wie jemand, der in einer verzweifelten Beichte seine größte Sünde herausschrie. »Es tut mir leid! Ja, es tut mir leid!« Sie schluchzte, hatte Tränen in den Augen, ihrer Kehle entwich ein hoher, schriller Laut, der Anfang eines gewaltigen Weinkrampfs. Sie hielt sich den Mund zu.

»O Mann«, hörte sie Julius murmeln. Marcus versuchte, mit seinem Rollstuhl den Tisch zu verlassen, musste aber erst zurücksetzen und blieb am Tischbein hängen.

Tom fragte: »Kann ich dir helfen?«

Marcus versuchte sich freizuruckeln.

Tom stand auf.

»Wo willst du denn hin?«, fragte Tom.

»Ich will zu deiner Mutter.«

Tom schob seinen Onkel vor seine Mutter und setzte sich schnell wieder hin.

Marcus streckte seine Arme zu Olivia aus und sagte: »Komm.«

Olivia sah auf die ausgebreiteten Arme hinab und hatte nicht die blasseste Ahnung, wie sie es anstellen sollte, seiner Einladung zu folgen. Sie hätte in die Hocke gehen oder sich hinknien müssen, sie müsste sich in seinen Schoß fallen lassen. Widerwillig nahm sie seine Hände und hielt sie fest.

Es war die zweite Nacht in Folge, in der sie ohne Schwierigkeiten in den Schlaf glitt, aber um drei Uhr wieder wach wurde. Vorbei mit der Nachtruhe. Es stürmte, und Olivia lag da und lauschte dem Wind, dem Gewitter in der Ferne.

Dieses Mal war Marcus ihr zuvorgekommen. Er

saß schon da und sah nach draußen. Schweigend nahm sie einen Stuhl und setzte sich neben ihn.

Erstmals seit Wochen regnete es.

»Er wollte meine Telefonnummer haben.«

»Wer?«

»Kyvon.«

»Ich weiß nicht, ob ich das so gut finde, dass du dich in meine Arbeit einmischst.«

»Mein Gott, glaubst du denn wirklich, dass sich der Mann von irgendjemandem etwas sagen lässt?«

»Du fandst ihn doch so ›offen‹.«

»Ja. Aber letztendlich hört er doch nur das, was er hören will.«

Sie betrachteten das Gewitter über der Stadt.

»Das ist eine ganz andere Art Mensch als du und ich, Olivia.«

»Es gibt keine ›andere Art‹ von Menschen, Marcus.«

Marcus zeigte nach draußen. »Da unten, da in dem Keller, bist du geboren.«

»Souterrain.« Olivia fand das Haus, in dem sie geboren worden war, und sagte: »Du beschäftigst dich zu sehr mit der Vergangenheit. Das war schon immer so. Und was hat es dir gebracht? Sei mal ehrlich.«

»Ich?« Er klang verwundert. »Ich mit der Vergangenheit beschäftigt? Du warst es, die ein Haus mit Blick auf die Stätte deiner Geburt gekauft hat.«

»Das ist doch Quatsch.«

»Das ist eine Tatsache.«

Wütend sah Olivia auf die Stadt. Ihr Bruder drohte ihr die Aussicht für immer zu vermiesen.

»Wir müssen uns aneinander gewöhnen«, sagte Olivia, während sie einen Einstieg suchte, um seinen Aufenthalt bei ihnen zu thematisieren.

»Bereust du es schon?«

»Es ist schwieriger, als ich dachte.«

»Wenn ich gewusst hätte, dass ihr in einer Ehekrise steckt, hätte ich es nie gemacht.«

»Wie kommst du darauf, dass wir in einer Ehekrise stecken?«

Marcus schwieg.

»Wer hat das gesagt?«

»Gerard.«

»Ach ja? Hat er dir das gesagt?«

Marcus zog die Schultern ein, als würde er einen Schlag erwarten.

»Und? Hast du ihm auch geraten loszulassen?«

»Ich habe nur zugehört.«

Olivia starrte auf die Lichter der Stadt, und es ließ sie nicht mehr los, dass sie auf ihr Elternhaus hinuntersah. Sie würde warten, bis Marcus sprechen würde. Sie würde beweisen, dass auch sie zuhören konnte.

»Vielleicht …«, Marcus stockte. »Vielleicht … sollten wir mal schauen, ob ich ein Zimmer auf der Station bekommen kann.«

Olivia sagte nichts, sie hörte nur zu, und doch beschlich sie das Gefühl, dass ihr Schweigen die falsche Antwort war.

Gerards Krankheit war, wie sich herausstellte, weniger gravierend als gedacht, er ging wie gewohnt zur Arbeit.

Als Olivia zur Arbeit kam, stand ihr Büro unter Wasser. Der Hausmeister hantierte verzweifelt mit Eimern und Aufnehmern und versicherte, dass gleich jemand käme, um nach dem Dach zu sehen. Es war schon das dritte Mal in diesem Jahr. Olivia beschloss, zu Hause zu arbeiten, und packte ihre Sachen.

In der Tiefgarage nahm sie den Lift nach oben. Im Erdgeschoss hielt der Aufzug, und dort stand Gerard neben einem Mann im blauen Overall, der eine Werkzeugkiste in der Hand hatte.

»Was machst du denn hier?«, fragte Olivia, als die beiden Männer zustiegen. Sie sah von einem zum anderen, als gehörten sie zusammen, sie sah sogar auf die Werkzeugkiste, als würde sich dort die Erklärung für Gerards Anwesenheit finden. Aber der Mann im Overall nickte nur freundlich und sah weg.

Gerard stellte ihr dieselbe Frage. »Was machst du denn hier?«

»Wasserschaden. Ich arbeite zu Hause. Bist du wieder krank?«

Gerard sah den Mann im Overall an. »Ja … krank.«

»Was hast du denn?«

»Schon wieder Wasserschaden?«

»Hast du Fieber?«

Gerard schüttelte den Kopf, er machte eine verworren wirkende Geste zu dem Mann hin, der vor ihm stand. Olivia begriff, dass er nicht sprechen konnte, solange dieser Fremde dabei war. Sie sah auf die beleuchteten Nummern der Stockwerke.

Die angestauten Worte nahmen von selbst beängstigende Ausmaße an. Ihr klopfte das Herz bis zum Halse.

Als sie endlich, nach einer Ewigkeit, allein in ihrer Wohnung waren, sagte sie mit zugeschnürter Kehle: »Jetzt erzähl.«

»Die Zahnhygienikerin hat mich nach Hause geschickt.« Er hielt seine Hand hoch. »Ich zittere.«

»Was ist denn passiert?«

Er zögerte. »Stress.«

»Stress?«

Sie sah ihn reglos an, spürte aber eine Mischung aus Erleichterung – war das alles? – und Verärgerung: Wovon sollte er denn gestresst sein?

»Musst du mich so ansehen?«, fragte er.

»Das kommt so … überraschend.«

»Ich versuche ständig, es dir zu erzählen, aber … du willst es nicht wirklich hören.«

»Entschuldige mal, aber erst war es das Problem, dass ich alles allein mache, dann, dass ich mit meinem Bruder nicht zurande komme, dann ist es meine Arbeit, dann haben wir eine Ehekrise, dann hast du die Grippe, und jetzt bist du gestresst?«

»Habe ich das gesagt – Ehekrise?«

»Wir haben also keine Ehekrise?«

Er zuckte mit den Schultern, wie ein Kind.

»Ich bleibe ein, zwei Wochen zu Hause, das haben wir vereinbart.«

»Woher kommt denn dein Stress?«

Wieder zuckte er mit den Schultern. Schweißperlen standen ihm auf der Stirn.

Gerard mochte seine Arbeit nicht. Das hatte sie eigentlich immer gewusst, aber je länger er tat, was er tat, tagein, tagaus, desto trauriger wurde es, dies zuzugeben.

Er sagte: »Vielleicht ist es auch nur ein Virus.« Jetzt erst sah sie, dass er sich schämte.

»Zieh erst mal die Jacke aus«, sagte sie sanft. »Die ist ja viel zu warm.«

Er gab ihr seine Jacke. Sie sahen sich an.

Sie wusste nicht, wie sie ihm helfen konnte.

»Was sagen wir den Jungs?«, fragte Olivia.

Gerards Blick wurde starr. »Dass ich überarbeitet bin, was denn sonst?«

»Ja«, sagte sie und nickte hastig, »natürlich.«

Sie wollte ihm nicht den Eindruck vermitteln, dass sie seine Scham teilte, verstand aber nur zu gut, warum ihr das nicht gelang.

Gerard legte sich demonstrativ mit einer Decke aufs Sofa. Er spielt den Kranken, dachte Olivia. Sie gab vor, ihn nicht stören zu wollen, sie würde dann zum Arbeiten ins Schlafzimmer gehen, aber Gerard bat sie, in der Küche sitzen zu bleiben, weil es gemütlicher sei. Olivia wusste, dass er sie von der Arbeit abhalten würde, ließ ihm aber doch seinen Willen.

»Was musst du denn machen?«

»Liquiditätsprognosen.«

Sie hatte sich gerade in ihre Zahlen vertieft, als Gerard sich schon zu ihr setzte und sagte: »Ich will ein Wohnmobil kaufen oder selbst einen kleinen Bus ausbauen.«

Gerard hatte eine Abneigung gegen das Campen, und beim Werkeln sah man ihn nie. Schon den Austausch einer Glühbirne am Auto überließ er ihr. Aber wenn er von Wohnmobilen fantasierte, wusste sie, dass die Unzufriedenheit mit seinem Leben nicht gelogen war. Solche Pläne lösten sich regelmäßig in Luft auf, die Unzufriedenheit meistens auch.

Olivia sah weiter auf ihren Bildschirm.

Gerard sagte: »Marcus möchte mir gern helfen.«

Sie sah auf.

»Du hast Marcus erzählt, dass du ein Wohnmobil willst?«

»Ich wollte schon lange ein Wohnmobil haben, das weißt du doch.«

Ihr Bruder nahm jeden Traum ernst. Sie hatte ihn über seine Arbeit als Coach reden hören und immer vermutet, dass er nur Idioten als Kunden hatte, denn er erzählte gern, wie er sie dazu brachte, gute Jobs zu kündigen, Familien zu verlassen, ein Segelboot zu kaufen oder eine Teestube in Luxemburg aufzumachen.

»Ich bin oft der Erste, der an sie glaubt«, hatte er gesagt. Selten bekam sie zu hören, was aus den Träumen seiner Kunden geworden war. Niemals hätte sie gedacht, dass Gerard für Marcus' Überzeugungen anfällig sein könnte.

Olivia schloss ihre Excel-Tabelle, suchte die Website von Marcus' Rehaklinik und klickte auf »Stationär«.

Innerhalb einer Woche gelang es ihr, Marcus ein Zimmer zu besorgen. Er rief sie selbst von der Klinik aus an und klang munter, zumindest bemühte er sich, so zu klingen, als er sagte, dass ein Zimmer frei geworden sei.

»Wann kannst du da rein?«

»Sofort.«

»Ach was.«

»Willst du es sehen?«

»Wann?«

»Du kannst jetzt bestimmt nicht weg, oder?«

Sie sah auf ihren Kalender. »Am späten Nachmittag?«

Sie fragte, ob sie seine Sachen gleich mitnehmen solle, sie müsse noch zu Hause vorbei. Nicht, dass es Eile hätte, natürlich nicht, aber falls er es wolle …

Sie hielt die Luft an, aus Angst, dass er den Vorschlag falsch auffassen könnte, doch Marcus sagte, dass das sehr praktisch wäre, ja, fantastisch, wenn sie das tun wolle, gern.

Sie wünschte Bart ein schönes Wochenende, doch er sagte: »Bis morgen.«

»Morgen ist Samstag«, sagte Olivia, und für einen Moment dachte sie, dass auch Bart überarbeitet wäre. Offenbar hatte sie Schwierigkeiten, diesen Gemütszustand zu erkennen.

»Sommerfest.«

Sie hatte es vergessen.

»Gerard kommt doch auch, oder?« Beim letzten Mal hatten sich alle nach ihrer Familie erkundigt, sie hatte noch nicht gewusst, dass es üblich war, die eigene Familie zu diesen Betriebsfeiern mitzubringen. Plötzlich fragte sie sich, ob sie sie wohl eingestellt hätten, wenn sie keine Familie gehabt hätte.

Zu Hause lag Gerard auf dem Sofa und schlief. Sie weckte ihn nicht.

Olivia räumte eilig das Gästezimmer aus, machte die Anwesenheit von Marcus so schnell wie möglich ungeschehen, entfernte den Fluch aus dem Haus.

Kein Fluch, Olivia, so darfst du nicht über ihn denken.

Aus dem Badezimmer holte sie sein Shampoo und seine Zahnbürste. Sie sah unter seinem Bett nach, ob sie auch nichts vergessen hatte, und öffnete das Fenster, als sie fertig war. Gerard schlief noch immer. Sein Mund stand offen. Wenn einer von ihnen erkältet war oder schlecht schlief und den anderen damit vom Schlaf abhielt, benutzten sie das Gästezimmer. Sie konnten ihre Gewohnheiten wiederaufnehmen. Alles sollte zur Normalität zurückkehren. Zufrieden ließ sie ihren schlafenden Mann zurück.

Als sie Marcus' Sachen hinten im Auto hatte, stieg ihre Laune zusehends. Sie hielt an der Tankstelle, um Blumen für sein neues Zimmer zu kaufen.

Marcus führte sie durch die Rehaklinik. Das Gebäude war alt.

»Nächstes Jahr ziehen wir um«, sagte Marcus. Er sprach wie jemand, der hier zu Hause war und auch im nächsten Jahr noch hier sein würde.

Er wurde von den Pflegern herzlich begrüßt und stellte seine Schwester jedem Einzelnen vor. Olivia zog seinen Koffer.

»Ich habe noch Physio.«

»Und dein Zimmer?«

Ein langer Gang verband das alte Gebäude mit einem etwas neueren Teil, in dem sich die Schlafzimmer befanden. Er blieb mit seinem Rollstuhl vor der Tür stehen.

»Ich habe Ausblick auf einen kleinen See.«

Olivia trat ins Zimmer, das um einiges geräumiger war als ihr Gästezimmer.

Sie sah aus dem Fenster und erwartete einen traurigen Matschtümpel, doch was sie sah, war ein lieblicher See mit einem Steg, auf dem zwei Jungen saßen und angelten.

»Wie schön es hier ist«, sagte sie verwundert.

»Die haben hier solche Karpfen«, sagte er und zeigte mit erhobenen Händen, wie lang sie waren.

»Alle finden es schade, dass wir hier wegmüssen, aber das Haus ist zu alt. Es genügt nicht mehr den modernen Ansprüchen.«

Olivia dachte an die Wohnwagen, in denen Marcus gelebt hatte, an sein Ferienhäuschen ohne Strom im Winter. Er gewöhnte sich wohl ziemlich schnell an diese »modernen Ansprüche«.

Marcus selbst kam nicht ins Zimmer. »Ich muss jetzt wirklich zur Physio.«

»Ja, klar«, sagte Olivia. »Geh nur. Soll ich dir deinen Kram ein bisschen einräumen?«

»Würdest du das machen?«

Sie lachten sich an, wie man sich am Ende eines tollen Abenteuers angelacht hätte.

Geschickt wendete Marcus in dem breiten Gang und fuhr davon. Olivia sah ihm nach, er kam schon sehr gut mit dem Rollstuhl zurecht.

Sie packte seinen Koffer aus, hängte seine Kleidung in den Schrank, legte seine Bücher auf den Tisch vor dem Fenster.

Am Empfang holte sie eine Vase für die Tulpen, die sie gekauft hatte.

Sie hatte ein paar Dinge aus dem Haus mitgenommen – eine Wolldecke, einen Stich, der einen Reiher zeigte, eine Schirmlampe –, alles, um das Ganze etwas gemütlicher zu machen. Das hier war ideal, ein Zimmer für ihren Bruder, nicht neben dem ihren. Ein Zimmer, das sie liebevoll einrichtete, ein sicherer Ort, an dem sie ihn zurücklassen konnte.

Olivia faltete seine T-Shirts und legte sie in den Schrank, den gestreiften Schlafanzug aufs Kopfkissen. Sie zog die gelbe Tagesdecke der Klinik vom Bett und ersetzte sie durch die farbige Wolldecke von daheim.

Sie hatte es nie als unangenehm empfunden, die Zimmer der Jungen aufzuräumen, im Gegenteil. Nie liebte sie sie so sehr wie in den Momenten, wenn sie ihre Betten machte, ihre Kleidung faltete, die Socken unter dem Bett hervorfischte. Dann fühlte sie sich ihren Söhnen nahe. Widerwillig hatte sie sich eines Tages eingestanden, dass sie lernen müssten, ihre Zimmer selbst aufzuräumen.

Sie strich über die Decke auf Marcus' Bett und den zusammengefalteten Schlafanzug auf seinem Kopfkissen. So konnte sie für ihn sorgen. So wollte sie für ihn sorgen.

Am Empfang erkundigte sie sich nach der physiotherapeutischen Station.

Ein Krankenpfleger schloss gerade die Turnhalle ab.

»Ist das hier die Physiotherapie?«

»Suchen Sie jemanden?«

»Marcus.«

»Landman?«

»Ja.«

»Der ist schon auf dem Weg nach Hause.«

»Nach Hause?«

»Der Bus ist gerade abgefahren.«

Sie starrte den Mann an.

»Stimmt was nicht?«

»Marcus Landman?«

»Ja.«

»Der Mann mit … ohne … mit *einem* Bein?«

Er lachte. »Ja, der.«

»… Ich habe gerade seine Sachen gebracht … ins Zimmer …«

»Ach ja? Kommt er hier jetzt stationär? Wie schön. Ein netter Mann.«

Verwirrt fuhr Olivia nach Hause. Hatte sie etwas nicht richtig verstanden? Immer wieder rekapitulierte sie das Gespräch, das sie mit Marcus über das Zimmer gehabt hatte, die Sachen, ob sie sie schon mal auspacken solle …

Es war später geworden, als sie gedacht hatte. Selbst die Stunden rannen ihr durch die Finger. Sie hatte versprochen zu kochen, aber nichts eingekauft. Sie geriet in den Feierabendverkehr. Gerard hatte sie es erst erzählen wollen, wenn alles geregelt wäre. Sie hatte ihn überraschen wollen, er sollte spüren: Ich nehme deine Klagen ernst, ich habe dich gehört, die Dinge müssen sich hier ändern, ich bin für dich da.

Im Flur hörte sie donnerndes Gelächter.

Gerard, Marcus und die Jungen saßen vor dem Fernseher und sahen sich *Dick-und-Doof*-Filme an.

Tom ahmte Oliver Hardy nach: »Well, here's another nice mess you've gotten me into … Stanley …« Julius lachte über die ziemlich gute Imitation.

Erfreut über die Zustimmung seines Bruders sagte Tom noch einmal: »Well, here's another nice mess you've gotten me into.«

Olivia stand mitten in der Küche, hinter ihrer Familie. Dick und Doof versuchten, ein Klavier zu transportieren. Die Männer hatten einen Riesenspaß, und Olivia sah es mit Erstaunen.

Erst als sie sie bemerkten, sagte Olivia zu ihrem Bruder: »Wo warst du denn?«

»Der Bus fuhr gerade los, ich habe gedacht, ich sehe dich dann zu Hause.«

»Ich hab deine ganzen Sachen hingebracht.«

»Ja, prima.«

»Ich meine, alles. Deine Kleider … deine Sachen aus dem Bad.«

»Oh … ja, ach so.«

Julius hielt die DVD an.

Olivia schwieg. Marcus durfte es selbst erzählen.

»Ich ziehe um«, sagte er. Umziehen – als würde er hier fest wohnen.

»Du verlässt uns?«, fragte Tom.

»Stationär, in der Klinik, das ist … praktischer.«

Gerard sah ihn erstaunt an.

»Er hat heute erfahren, dass da ein Zimmer frei geworden ist«, sagte Olivia.

»Wann gehst du denn?«, fragte Tom.

Marcus' Oberlippe zitterte.

»Es ist schon alles drüben«, sagte Olivia.

»Gehst du etwa jetzt?«, fragte Tom.

»Alles, auch die Zahnbürste.«

»Wir haben doch bestimmt noch irgendwo eine Zahnbürste«, sagte Tom.

»Ich stehe da und räume dein Zimmer ein, und du bist plötzlich weg.«

»Entschuldige«, sagte Marcus, »ich bin einfach in den Bus gestiegen, vermutlich ein Automatismus.«

»Aber wir wollen die ganze Box *Dick und Doof* gucken«, wandte Tom ein.

»Ach, das ist doch kein Problem«, sagte Gerard. »Morgen geht doch auch?«

Julius machte die DVD wieder an. Alle vier wandten sich von ihr ab. Olivia stand da, noch in der Jacke, die Autoschlüssel in der Hand.

Dann stand Gerard doch noch auf, kam zu ihr und schenkte ihr ein auffallend liebenswürdiges Lächeln. Einen Moment lang erwartete sie, dass er sie in die Arme nehmen würde.

Er sagte: »Du hast in dem Stress bestimmt ganz vergessen, dass du kochen wolltest.« Er küsste sie auf die Stirn. »Bestellen wir doch was.« Er nahm sein Telefon vom Küchentisch und lief zu den anderen vor dem Fernseher zurück.

»Pizza!«, schrie Julius.

Gerard legte den Arm um seinen ältesten Sohn und nahm ihn in den Schwitzkasten. Zusammen fielen sie lachend auf den Boden.

Gerard sah eigentlich nicht überarbeitet aus, er wirkte glücklich. Daran, dass er seine Arbeit nicht allzu ernst nahm, waren sie gewöhnt. Er machte darum kein Aufhebens. Aber je passionierter sie in ihrer Arbeit wurde, desto mehr wälzte er seine Unzufriedenheit auf sie ab. Gerard verlangte nicht sehr viel, seine Arbeit brauchte ihn nicht glücklich zu machen, solange *sie* es nur tat.

Marcus trat mit seinem einen Bein gegen Gerard, der noch mit Julius auf dem Boden lag. Gerard lachte, und Olivia dachte: Mein Bruder macht ihn glücklich. Sie schüttelte den Kopf, um den sonderbaren Satz zu vertreiben.

Olivia sah die Wolldecke vor sich, sie dachte an den Seeblick, die frischen Tulpen in der Vase. Den Schlafanzug auf dem Kissen. Sie wandte sich um und verließ das Zimmer.

»Olivia, was willst du für eine Pizza?«, rief ihr Mann.

Sie wollte einfach nur weg, aber dann würden sie sich Sorgen machen. Es war eine Sünde, anderen Sorgen zu bereiten. Olivia ging zurück.

»Ganz vergessen, ich bin heute Abend noch mit Bart verabredet. Die Präsentation für die Bank muss fertig werden. Ich hätte schon längst da sein sollen.«

»Du bist ja ganz schön beschäftigt«, sagte Gerard munter. »Wird es spät?«

»Ja«, sagte Olivia. »bleib wegen mir nicht auf.«

Sie wartete auf seine Reaktion, aber er hatte sich schon wieder abgewandt.

Ruhig verließ Olivia das Haus und fuhr zurück zur Rehaklinik.

Im Zimmer ihres Bruders, in dem er selbst noch nie gewesen war, zog sich Olivia aus. Sie entdeckte sich im Spiegel über dem Waschbecken, sah sich jedoch nicht so wie sonst. Sie war es, sie sah, dass sie gebeugt dastand, sah ihren Körper, doch ihr Äußeres war unbedeutend geworden, unglaublich, so völlig unwichtig, dass er es ebenso gut nicht hätte sein können.

Ihre Kleider lagen auf einem Haufen auf dem Boden. Etwas Blaues, das als ihr Lieblingskleid galt. Der violettfarbene BH, der blaue Slip, die beigefarbenen Sandalen. Die Hüllen eines Gespenstes, eines unsichtbaren Menschen in einem Animationsfilm, von dem nur die Kleider zu sehen sind. Sie zog die Spange aus dem Haar, den letzten sichtbaren Gegenstand, der mit ihrem Körper verbunden war, und warf ihn zu der Kleidung. Für einen Moment verlor sich ihre Spur.

Sein Schlafanzug lag für sie bereit. Sie zog das Oberteil an. Es war so groß, dass es ihr fast bis zu den Knien reichte. Sie kroch unter das glatte Laken, die bunte Decke.

Als sie die Knie anzog und sich unter der Decke klein machte wie ein ängstliches Kind, brachten sie die Schmerzen in ihrem linken Bein fast um. Sie nahm es und hielt es fest, aber die Schmerzen wurden immer stärker, und sie weinte wie ihr Bruder. Sie weinte um den Verlust des Beins. Sie weinte, weil er kein Zuhause hatte. Sie weinte um seine Schwester oben in der glitzernden Wohnanlage, die ihn nicht ertragen konnte. Sie weinte, weil er allein war, bis sie schließlich tief in der Nacht in seinem Schlafanzug einschlief.

Die ersten Sonnenstrahlen weckten Olivia. Sie sah auf die Uhr über der Tür. Es war halb sechs, der Zeitpunkt, an dem ihre Mutter gestorben war. Olivia hatte es immer für einen logischen Todeszeitpunkt gehalten. Ihre Mutter war müde gewesen, Olivia hatte es nicht anders gekannt, als dass ihre Mutter immer müde war, und als sie zum ersten Mal in ihrem Leben krank geworden war, sich einen Tag im Bett gegönnt und am Morgen gesehen hatte, dass das Leben wieder begann, musste sie gedacht haben: Nein, nicht noch ein Tag, ich mach das nicht mehr.

Olivia wusste, dass sie nicht mehr einschlafen würde. Der ganze Körper tat ihr weh. Die schlimmsten Schmerzen hatte sie auf der Rückseite ihrer Arme, als hätte sich die Schuld dort konzentriert.

Sie hatte in der Nacht mehr geweint als in den letzten zehn Jahren zusammen. Es hatte sie nicht erleichtert, im Gegensatz zu dem, was die Volksweisheit versprach, und sie wusste, dass sie niedergeschlagen war. Kummer ertrug sie nicht. Ihr war immer klar gewesen, dass sie sich ihm nicht öffnen durfte, weil er sie verschlingen würde. Es war etwas, das sie niemals laut aussprach, damit man sie nicht auslachte, aber sie war felsenfest davon überzeugt. Sobald man all die Gefühle zuließ, gab es kein Halten mehr.

Sie schickte ihrem Mann eine Nachricht: *Bis spät durchgearbeitet, im Büro auf dem Sofa eingeschlafen, ich sehe euch bald, Betriebsfeier heute Nachmittag. Nicht vergessen!* Sie konnte die Sorgen um ihr eigenartiges Verhalten nicht spüren. Der körperliche Schmerz dominierte alles.

Sie knöpfte den Schlafanzug auf, blieb jedoch regungslos auf dem Bett sitzen, zu müde, um aufzustehen.

Sie schickte Gerard noch eine Nachricht: *Ich muss hier doch noch was machen, sehe ich euch gleich in der Firma?* Es war zu früh, sie weckte ihn auf.

OK, schrieb er zurück.

OK – das war nicht gerade eine beruhigende Reaktion, aber sie beließ es dabei.

Sie suchte in Marcus' Kulturbeutel und fand eine Schlaftablette. Sie musste erst schlafen, dann zu der Feier, dann würde ihr Bruder weg sein, und sie würde das alles schon wieder schaffen. Prioritäten setzen.

Olivia stellte den Wecker, legte sich hin und wartete mit offenen Augen darauf, dass die Tablette sie mit sich forttragen würde.

Mit einem scheußlichen Geschmack im Mund wachte sie auf. Sie rechnete nach, wie viele Stunden sie geschlafen hatte, stellte fest, dass sie erholt sein müsste, und stand auf, obwohl sie sich alles andere als erholt fühlte. Sie hatte keine neuen Nachrichten.

Sie wusch sich halbherzig, bevor sie sich anzog, und kämmte ihr Haar mit einem Kamm von Marcus, der zu fein war. Sie überprüfte den Sitz nicht, wie es Frauen tun, sie stellte nur fest, dass es gekämmt war.

Olivia hatte Kopfschmerzen, als sie durch die belebte Einkaufsstraße zur Firma ging. Sie gab der Schlaftablette die Schuld. Wie oft schluckte Marcus das Zeug?

Die Büros über dem Geschäft waren groß genug für die Feiern der Gesellschafter und ihrer Familien, eine Tradition, auf die man Wert legte. Olivia und Bart hatten schon einmal ausgerechnet, dass man den Büroteil ganz einfach verkleinern konnte, um mehr Ladenfläche zur Verfügung zu haben.

Bei der ersten Betriebsfeier, die Olivia mitgemacht hatte, hatte sie sich etwas fehl am Platze gefühlt. Das lag an der Unbekümmertheit, mit der die Mitglieder der Familie von den Räumlichkeiten Besitz ergriffen, in ihrem Büro ein- und ausgingen, Weingläser auf ihrem Schreibtisch abstellten und in der Küche des Hauses in Erinnerungen schwelgten. Es war deutlich: Es war zwar ihr Arbeitsplatz, aber sie war doch nur Gast.

In den Schaufenstern hingen Plakate, die den morgigen verkaufsoffenen Sonntag ankündigten. Porzellan & Geschirr Kyvon hatte es eine fast bewundernswert lange Zeit durchgehalten, als einziger Laden in der Straße sonntags geschlossen zu haben. Bart und Olivia hatten diese neue »Frivolität«, wie Kyvon es nannte, nur mit Mühe durchsetzen können. Wegen des zusätzlichen Umsatzes wurde es von ihm murrend geduldet.

Im Laden wurden die Kopfschmerzen stärker. Es musste wohl an der Schlaftablette liegen. Sie nahm eigentlich nie etwas, nicht einmal Paracetamol, sie wollte gar nicht erst damit anfangen. Kurz erlaubte sie sich den Gedanken, sich krankzumelden. Wer würde sie schon auf so einer Feier vermissen?

Bart war schon da.

»Schön, dass du pünktlich bist«, sagte er. »Mal ehrlich: Die wichtigsten Beschlüsse werden doch hier auf den Betriebsfeiern getroffen.«

Während der Caterer seine Gläser auspackte, rannten die kleinen Kinder von Bart durch die Büros.

Barts Freundin küsste sie herzlich, als wären sie schon lange befreundet und hätten sich nicht erst einmal getroffen.

Ja, ihre Familie würde auch kommen, alleine, sie müsste jeden Augenblick da sein.

Frau Grim-Kyvon, ihr Mann und ihre Nachkommenschaft waren die Ersten. Der Sohn von Frau Grim, Maurits Grim, saß für gewöhnlich ein wenig teilnahmslos in den Sitzungen, und auch jetzt kam er als Letzter herein, widerwillig, die Hände in den Taschen.

Bart empfing sie alle herzlich, und Olivia stand pflichtbewusst neben ihm. Es blieb merkwürdig: Leute in einem Haus zu begrüßen, das diese Leute so viel besser kannten als der Gastgeber und die Gastgeberin.

Maurits Grim blieb abseits stehen. Er sah vom Erker auf die Einkaufsstraße hinab. Olivia brachte ihm ein Glas Champagner.

»Da wären wir wieder«, sagte Maurits.

Olivia wusste nicht, wie sie darauf antworten sollte, und hob das Glas.

»Es läuft also wieder etwas besser in den letzten Monaten?«, erkundigte sich Maurits.

»Ein kleiner Gewinn.«

Er zeigte auf ein Haus gegenüber, das umgebaut wurde. »Was kommt da rein?«

»Ein Eiscafé.«

»Habt ihr schon mit der Langfristplanung angefangen?«

»Natürlich. Die werden wir in der nächsten Sitzung präsentieren.«

»Es muss eine Menge investiert werden, wenn ich das richtig verstehe.«

»Ja.«

»Dann braucht es also mehr als einen ›kleinen Gewinn‹.«

»Daran arbeiten wir.«

»Wer ist der Mann?« Er sah auf einen Punkt hinter ihr. Olivia drehte sich um. Gerard stand verloren mitten im Raum. Er hatte etwas Unbeholfenes.

Ohne sich zu entschuldigen ging sie zu ihm, um sich seiner anzunehmen, aber als Gerard sie entdeckte, sah er sie bekümmert an und fragte: »Geht es?«

Seine überraschende Sorge brachte sie kurz aus der Fassung. Bevor sie antworten konnte, stand Frau Grim-Kyvon neben ihr. Mit beiden Händen ergriff sie Gerards Hand.

Statt ihren Namen zu nennen, fragte sie: »Sind Ihre Söhne denn nicht da?«

»Ich habe es versucht«, lachte Gerard, »aber sie hatten andere Pläne.«

Olivia stellte sie einander vor.

»Wie alt sind Ihre Söhne?«, fragte Frau Grim.

»Vierzehn und sechzehn.«

»Meiner ist fünfzig, und trotzdem muss ich ihn immer mitschleppen wie einen pubertierenden Teenager.«

Sie nickte in Maurits' Richtung, der jetzt auf der breiten Fensterbank im Erker saß und mit seinem Telefon spielte.

»Maurits Grim, Gesellschafter«, sagte Olivia, als wäre sie für die Fußnoten zu dieser Konversation zuständig.

»Und Herr Kyvon?«, fragte Gerard.

»Der macht immer gern den großen Auftritt, der Wichtigtuer«, sagte Frau Grim, »der wird wohl als Letzter kommen.«

Es war aber nicht Kyvon, der den großen Auftritt machte, es war ihr Bruder.

Er stand neben dem alten Kyvon, einen Kopf größer. Er trug einen dunkelblauen Anzug, der ihm ausgezeichnet stand.

Er stand. Ihr Bruder stand. Da war kein Rollstuhl. Er hatte Beine.

Kyvon blickte stolz drein, wie ein Vater, der einen verlorenen Sohn präsentierte. Ein Raunen ging durch den Raum, sie hörte das Wort »Bruder«. Alle schienen zu wissen, wer er war, dieser unverkennbar gutaussehende Mann mit dem ansteckenden Lachen und den funkelnden Augen.

Sein Glück, seine Beine. Verrat.

All die Tränen, die er in ihrer Nähe vergossen hatte.

Bloßes Gehabe, eine Lüge.

Plötzlich war sie in Gedanken wieder an dem Morgen der Operation, als er sie angerufen hatte. Dass ihm vielleicht das Bein abgenommen würde … Natürlich war es nicht abgenommen worden. Das ganze Drama für nichts und wieder nichts. Als hätte sie es nicht mit eigenen Augen gesehen.

Sie ging auf ihn zu. Ihre Hände zitterten, sie wollte ihn packen, durchschütteln, die Beine unter ihm wegtreten.

Als sie näher kam, erkannte sie den Anzug, einen alten von Gerard. Jetzt sah sie auch den Rollstuhl, der hinter einem Stehtisch mit Getränken stand. Marcus' Lachen verflog, er blickte sie ängstlich an. Er stützte sich schwer auf den Arm von Kyvon, der durch Marcus' Gewicht zur Seite neigte.

Olivia versuchte, ihren wilden Gesichtsausdruck durch ein freundliches Lächeln zu ersetzen.

»Ich habe meine Prothese«, sagte Marcus.

»Überraschung«, sagte Kyvon.

»Ich kann noch nicht so lange darauf stehen, eine Stunde vielleicht, ich bleibe also auch nur kurz.«

Frau Grim kam auch schon auf sie zu. Hände wurden geschüttelt. Marcus ließ Kyvon los und machte ein paar Schritte. Kyvon jubelte.

Olivia trat verdutzt zurück und flüsterte Gerard zu: »Was macht er hier?«

Gerard hörte sie nicht, er sah Marcus begeistert an. »Toll, was?«

Um Marcus bildete sich ein Kreis. Olivia trat noch einen Schritt nach hinten, der Kreis schloss sich. Sie blieb wie selbstverständlich draußen.

Maurits saß noch immer in sein Telefon vertieft im Erker. Sein Glas war leer. Sie ging mit zwei vollen Gläsern zu ihm und setzte sich neben ihn auf die Fensterbank.

Er sah von seinem Telefon auf und sagte: »Wenn man das Haus hier vermieten würde, wäre die Rendite doch höher, oder?«

»Die Rendite?«

»Ja, oder etwa nicht?«

»Doch, schon möglich, aber dann … hat man kein Geschäft mehr.«

»Aber man verdient mehr?«

»So gesehen, ja.«

Die Gruppe, die um ihren Bruder herumgestanden hatte, löste sich auf und verteilte sich wieder im Raum.

Maurits und Olivia sahen zu, wie Herr Kyvon Marcus wieder in seinen Rollstuhl half. Frau Grim gab ihm ein Glas Champagner. Die beiden Alten amüsierten sich köstlich mit dem behinderten Gast.

»Geht es Ihrem Bruder gut?«, fragte Maurits.

»Ausgezeichnet«, antwortete Olivia, »besser als je zuvor.«

Später sah sie, wie Maurits mit der Tochter und dem Schwiegersohn von Kyvon ein lebhaftes Gespräch führte. Als sich Kyvon und seine Schwester dazugesellten, wurde die Unterhaltung hitziger. Maurits gestikulierte mit den Armen. Olivia stand zu weit weg, um sie zu verstehen, aber sie sah, dass Bart sich in der Nähe befand und sein Bestes gab, um der Konversation zu folgen.

Kurz darauf ging Maurits mitsamt seiner Frau und den Töchtern. Olivia hatte nicht mehr die Gelegenheit, sich von ihnen zu verabschieden.

Gerard sagte: »Marcus ist müde. Ich bringe ihn zurück.« Olivia schaute sich um, ob Frau Grim noch irgendwo zu sehen war, aber auch sie schien gegangen zu sein, ohne sich verabschiedet zu haben.

Kyvon wirkte erschöpft. Er kam mit ausgestreckter Hand auf sie zu.

»Vielen Dank«, sagte er ernst. Sie spürte, dass er nicht die Feier meinte. Es schien, als hätte er feuchte Augen. Möglich, dass sie es falsch einschätzte, sie hatte sich an weinende Männer gewöhnt. Er ließ ihre Hand los und umarmte sie fest. Automatisch schloss sie die Arme um ihn und spürte, wie mager er war.

Der Caterer stellte die Gläser in die Kisten. Olivia und Bart saßen vor einer Schale lauwarmer Fleischkroketten.

»Es ist die jüngste Generation«, sagte Bart, »die haben keine Lust mehr darauf.«

»Sie haben keine Mehrheit.«

»Die Stimmung kippt gerade. Sie haben gesagt, dass es vielleicht vorbei ist.«

»Hast du das gehört?«

»Nicht direkt.«

»Es läuft doch gerade etwas besser.«

»Gut genug, um neu zu investieren?«

Der Caterer nahm die Schale und schüttete die Kroketten in einen Müllsack.

»Wenn sie es erst einmal laut ausgesprochen haben …«, sagte Bart. »Erst lässt man den Gedanken nicht zu. Dann tut man es doch. Dann spricht man ihn aus, und der nächste Schritt …«

Olivia wusste, dass Bart solche Dinge nicht einfach so sagte, und selten waren seine Vorhersagen falsch. Sie ließ seine Worte auf sich einwirken.

»Wir machen doch gerade Fortschritte«, sagte sie noch einmal, jetzt leiser.

»Wenn das jemand kann, dann du.«

»Aber *das* kriege ich nicht hin? Willst du das damit sagen?«

»*Wir* kriegen es nicht hin.«

Olivia ließ den Kopf sinken, sie krümmte sich.

»Ich wusste nicht, dass es dich so mitnimmt, die Firma.«

»Die Firma?«

Was sollte sie sagen? Die Firma kann mir gestohlen bleiben, welcher Idiot kauft denn noch ein siebenundvierzigteiliges Teeservice, das nicht in die Spülmaschine darf?

»Ich rette Firmen«, sagte sie.

»Montag wieder.«

»Ich komme morgen noch kurz vorbei.«

»Ich bin doch morgen hier. Solltest du dir nicht vielleicht einen Tag freinehmen?«

»Und was hat die Firma davon?«

»Die Firma hat nur dann was von dir, wenn …«

»Ja, ja, ja.« Sie stand auf, sie wollte vermeiden, dass er all die vorhersagbaren Ratschläge aussprach, als wüsste sie es nicht selbst.

Sie mussten die Büros verkleinern, den Laden renovieren. Es gab noch alles Mögliche, das sie versuchen konnten. Es war ihr egal, wenn die Firma unterging, sagte sie sich, aber es sollte nicht durch ihre Schuld geschehen.

Als sie nach Hause kam, war ihr Bruder noch immer da.

Sie stand wie angewurzelt da. Die Prothese war

wieder ab, der Anzug ausgezogen. Er sah längst nicht mehr so gut aus wie am Nachmittag.

»Ich bringe ihn gleich in sein Zimmer«, sagte Gerard.

»Wir kochen«, sagte Julius, »ein Abschiedsmahl!«

»Sie wollten unbedingt …«, sagte Marcus und lachte entschuldigend.

»Deshalb konnten wir auch nicht mit zur Feier«, sagte Julius. »Wir mussten einkaufen.«

»Ihr kocht? Aber ihr kocht doch nie!«

»Machen wir uns einfach einen schönen Abend«, sagte Gerard in einem Ton, den sie nicht von ihm kannte. Wer war dieser Mann? Plötzlich fürchtete sie, dass sie tatsächlich ein Wohnmobil bekommen würden.

Die Jungen machten Lasagne nach einem Rezept und brauchten dafür Stunden. Als das Essen um neun noch immer nicht fertig war, fragte Olivia ihren Bruder, ob sie in der Klinik wüssten, dass er heute Abend käme.

»Ich glaube schon.«

»Du glaubst schon?«

»Ich habe doch ein Zimmer, ich kann da so rein.«

Olivia erinnerte sich, dass sie selbst am Abend einfach so hineingekommen war, sagte aber: »Ich weiß nicht, ob sie den Laden abschließen, vielleicht brauchst du eine Karte oder einen Schlüssel, du musst doch einchecken oder so, hast du denn dort mit niemandem darüber gesprochen?«

Tom sagte: »Sonst bleib doch noch eine Nacht hier.«

»Prost.« Gerard hob sein drittes Glas Wein.

»Du musst noch fahren«, sagte Olivia. Sie nahm ihm das Glas ab, die Hälfte von dem Rotwein schwappte über den Rand und triefte auf den gedeckten Tisch.

»Was hast du denn?« Es war Julius, der das rief. Dieselben Worte wie sein Vater ein paar Nächte zuvor.

»So sind sie sonst nie«, sagte sie zu ihrem Bruder. Sie sahen sich an, es gab niemand anderen. Das hier war plötzlich das Einzige, was zählte: nicht, dass ihre Söhne sie unmöglich fanden und ihr Mann sich an ihr störte, sondern dass ihr Bruder es nicht sehen durfte. Sie wollte in diesem Moment nur, dass er sah, wie gut sie es machte. Wie sehr ihre Familie sie liebte. Sie wollte, dass er stolz auf sie war, und hasste es, dass sie es wollte. Sie stand auf und verließ die Küche.

Im Flur zwischen Küche und Haustür sank sie zu Boden. Am liebsten wäre sie in die Klinik zurückgefahren, um sich in Marcus' Bett zu legen und zu weinen, aber verdammt noch mal, es war Marcus, der dort liegen und weinen sollte, nicht sie. Sie stand wieder auf.

Sie ging zurück und hörte, wie ihr Bruder sagte: »Sie ist natürlich völlig hysterisch.«

Sie blieb stehen.

Ihr Mann sagte: »Ja, so ist Olivia nun mal.«

Olivia wusste, dass sie weitergehen, das Gespräch unterbrechen und den Männern mit ihrem kompletten Unsinn widersprechen musste. Aber sie wartete noch, in der Hoffnung zu hören, dass einer ihrer Söhne für sie eintreten würde.

»War eure Mutter auch so?«, fragte Julius seinen Onkel.

»So etwas überspringt eine Generation. Unsere Mutter war eine durch und durch nüchterne Frau, aber bei unserer Großmutter ging es rein in die Anstalt, raus aus der Anstalt.«

»Ist das die Frau, die mit Pfannkuchen um sich geschmissen hat?«, fragte Tom.

Olivia hatte ihnen offenbar mal erzählt, wie Oma einmal auf sie aufgepasst und in einem Wutanfall die Pfannkuchen durch das Zimmer geschleudert hatte.

»Ja, das war furchtbar«, sagte Marcus, »das war kurz bevor sie eingewiesen wurde.«

Wieso war das »furchtbar« gewesen? So war Oma Riet halt gewesen, sie war damals ganz verrückt nach Oma Riet. Gott ja, sie schmiss mit Sachen und verschwand ab und zu mal für ein paar Monate, aber man konnte mit niemandem so viel Spaß haben wie mit Oma. Sie musste weitergehen, Marcus' Erzählung unterbrechen, bevor er ihre ganze Kindheit umdichtete, tat es aber nicht. Sie blieb einfach stehen, in starrer Fassungslosigkeit, und hörte zu, gefangen in dem Moment, in dem sie den nächsten Schritt hätte tun müssen.

»Sie war immer sehr sensibel, schon als Kind.«

Weitergehen, bevor er auch noch sie umdichtete.

Sie hörte ihren Mann seufzen, nicht besorgt, sondern matt und resigniert.

Olivia wusste ganz genau, warum sie weitergehen und das Gespräch unterbrechen musste. Sie war sich sicher, dass ihr Leben etwas taugte, dass ihr Mann taugte, ihre Ehe, die Kinder und ihre Arbeit. Selbstverständlich gab es Ärgernisse, Kleinigkeiten, Details – aber die Basis war in Ordnung. Olivia wusste, dass dies die Wahrheit war, in der sie lebte, und sie wusste auch, dass sich diese Wahrheit, sobald man an ihr rütteln würde, in die Lüge verkehren würde, in der sie lebte. Weitergehen.

»Sie lebt manchmal ein bisschen in ihrer eigenen Welt.« Es war die Stimme ihres Mannes.

»Sie kann sich nie entspannen und einfach mal was mit uns machen.« Ihr jüngster Sohn. Tom, sogar Tom. Endlich löste sich Olivia aus ihrer Erstarrung.

Sie trat in die Küche, fest entschlossen, es sich den ganzen Abend mit ihnen gemütlich zu machen. Die

Männer schwiegen. Olivia schenkte sich ein Glas Wein ein.

»So«, sagte sie. »Tut mir leid, es war ein langer Tag.« Sie lächelte. »Das Zimmer ist morgen auch noch da.« Sie prostete ihrem Bruder zu.

Olivia, die es nicht gewöhnt war, viel zu trinken, machte sich darüber jetzt keine Gedanken. Heute Abend sollten sie bekommen, was sie sich wünschten – jemanden, der unkompliziert war. Nach vier Gläsern Wein glaubte sie es sogar schon selbst.

Die Jungen waren an diesem Abend auffallend gesprächig, und auch Gerard und Marcus schienen ein neues, gemeinsames Thema gefunden zu haben: das Zubereiten von Fisch.

Mindestens eine halbe Stunde lang unterhielten sie sich über Seezungen, Lachs und Forelle, und Marcus gestand: »Ich bin Sportangler«, worauf Julius einen Lachanfall bekam.

»Angeln ist doch kein Sport!«

»Angeln ist sehr wohl ein Sport«, sagte Marcus ernsthaft.

»Alles, was man im Sitzen machen kann«, sagte Julius, »ist kein Sport.« Als er begriff, was er zu seinem im Rollstuhl sitzenden Onkel gesagt hatte, wurde er knallrot.

Marcus sah es und lachte: »Sport werde ich nicht vermissen. Ich habe Sport nie gemocht. Sport treiben ist ungesund.« Niemand widersprach ihm.

»Wir sind eigentlich auch nicht wirklich damit aufgewachsen«, sagte Olivia.

»Wart ihr denn nie in einem Verein oder so?«, fragte Tom und sah seinen Onkel an. »Wir mussten ständig Sport machen.«

»Mussten?«, fragte Olivia.

»Ja«, sagten die Jungen gleichzeitig.

»Olivia hat Volkstanz gemacht«, sagte Marcus.

»Ich war mal in so einem Verein.«

»Sechs Jahre lang!«, sagte Marcus.

»Sechs?«, fragte Gerard.

»Nee«, sagte Olivia, »nicht sechs.«

»Sechs Jahre«, bekräftigte Marcus.

Olivia stand auf, setzte den rechten Fuß vor den linken, schob ihn zur Seite, dann nach hinten und machte eine Drehung. Sie wollte eigentlich nur zeigen, wie einer dieser Tänze begann, aber ein Schritt führte zum nächsten, und sie drehte sich zurück, hob einen Fuß hoch und tanzte weiter. Sie summte ein Lied und sah sich Schritte machen, von denen sie nicht gewusst hatte, dass sie sie noch kannte. Bei der Drehung klatschte sie in die Hände.

»Was macht sie?«, fragte Julius.

»Den Bienentanz«, sagte Marcus und klatschte mit.

Olivia summte wie eine Biene.

»Den Bienentanz?«, fragte Gerard. Olivia tanzte um den Küchentisch, summend, und klatschte dabei in die Hände.

»Ja«, sagte Marcus, »was weiß ich, so hieß er.«

Olivia schloss kurz die Augen und hörte ihren Bruder ununterbrochen mitklatschen. Gleich würde er natürlich sentimental werden, bei *ihrem* Tanz. Sie öffnete die Augen und beschleunigte ihre Schritte. Er beschleunigte sein Klatschen.

Tom lachte.

»Mama!«, rief er, als würde er sich schämen, aber sie hörte das Vergnügen in seiner Stimme. Mit einem breiten Lachen im Gesicht tanzte sie den vergessenen Bienentanz, und mit jeder Runde um den Küchentisch tanzte sie schneller.

Waren es wirklich sechs Jahre gewesen? Olivia tanzte um ihre Söhne und ihren Mann herum, die ihr ungläubig hinterhersahen. Ihr Bruder hielt perfekt den Takt, als würden sie das jeden Tag machen.

Olivia war glücklich, sie sah ihre Jungen an, ihren Mann, ihren Bruder. Ihr Blick streifte das verschwundene Bein.

Sie blieb stehen. Mit einer euphorischen Geste warf sie die Arme in die Luft.

»Und ich will heute Abend niemanden weinen sehen!«

Mit Tränen in den Augen sah sie die vier Männer an. Keiner von ihnen schien auch nur im Geringsten berührt zu sein.

Mitten in der Nacht wachte Olivia auf. Warum gab es in der Firma keine Nespresso-Boutique? Die Hälfte der Büros war überflüssig. Wenn man einen Durchbruch durch die Wand des zweiten Konferenzraums machen würde, hätte man einen wunderbaren Saal mit einem Erker. Die Leute müssten durch den Laden, um die Boutique zu erreichen – ideal. Die Aussicht von oben war phänomenal, und der Erker perfekt für eine kleine Sitzecke, um den Kaffee zu trinken.

Zwei Stunden lang lag sie da und baute die obere Etage um, blieb immer wieder bei der Frage hängen, ob die eine Wand tragend war oder nicht, und begann dann mit dem Umbau wieder von vorn.

Sie arbeiteten am Sonntag nicht den ganzen Tag, aber Bart und Olivia konnten es beide nicht lassen, sich wenigstens kurz sehen zu lassen, und wenn sie dann ohnehin schon da waren, wurde im Büro noch ein wenig Kleinkram erledigt. An so einem Tag ließ es sich wunderbar ungestört arbeiten.

Olivia wollte gerade an die möglicherweise tragende Wand klopfen, als Bart hereinkam.

»Warum haben wir keine Nespresso-Boutique?«, fragte Olivia. »Eine Nespresso-Boutique zieht Leute an, ein paar Tische und Stühle dazu, das ist ideal. Was meinst du?« Sie klopfte gegen die Wand.

»Was machst du denn da?«

»Ist das eine tragende Wand?«

»Die Arbeitsteilung hier sollte so sein, dass ich mit den wilden Ideen komme und du guckst, ob es finanziell machbar ist.«

Sie klopfte noch einmal.

»Wir haben einen festen Kaffeelieferanten.«

»Ja, und?«

»Seit 1892.«

Olivia schwieg.

»Ich sage nicht, dass es eine schlechte Idee ist«, sagte Bart.

»Schön. Ich werde es prüfen.« Sie ging schon weg.

»Olivia!«, rief er ihr hinterher.

»Ich werde es prüfen!«

Ihre Bürotür stand offen. Vor dem großen Fenster mit Blick auf die Einkaufsstraße stand Frau Grim-Kyvon. Sie erschrak.

»Ich wusste nicht, dass jemand hier ist.«

Bart war hinterhergekommen.

»Frau Grim.«

»Tut mir leid, ich wollte … Der Blick hier ist so schön. Ich wollte nur mal in den Laden sehen. Ich wusste nicht, dass Sie hier sind.«

Bart bot ihr einen Kaffee an, aber Frau Grim wollte auf gar keinen Fall stören. Sie ging schon wieder.

Olivia bekam eine SMS. Es war ihr Mann.

Sie wollte sie gerade lesen, als sich Frau Grim noch einmal umdrehte und sagte: »Tut mir leid wegen gestern. Die Emotionen sind etwas hochgekocht.«

»Können wir Ihnen irgendwie behilflich sein?«, fragte Bart, zuvorkommend wie immer. Er sprach die freundlichsten Sätze mit einer beneidenswerten Selbstverständlichkeit aus.

Auf dem Gesicht von Frau Grim erschien ein trauriges Lächeln, es war, als überlegte sie, ob sie sprechen sollte oder nicht. Schließlich sagte sie: »Ach, sie haben vielleicht recht. Die Firma aufgeben ist eine Möglichkeit, die wir in Betracht ziehen müssen.«

»Aufgeben?«, wiederholte Olivia.

Frau Grim sah sie nicht einmal an.

»Ein weiteres Szenario«, sagte sie zu Bart, »das wir einmal durchspielen sollten.«

Er nickte.

»Eigentlich verrückt, dass Sie an einem Sonntag hier sind«, sagte Frau Grim und ging.

Olivia saß im Erker, sah aber nicht mehr auf die tragende Wand, sondern aus dem Fenster. Bart kam mit einer halben Flasche Champagner, die vom Vortag übrig geblieben war, und setzte sich zu ihr.

»Nespresso-Boutique«, sagte Olivia, nun spöttisch.

»Ein mögliches Szenario«, sagte Bart, »wir werden beide Möglichkeiten prüfen.«

Sie sahen einander eine Weile an, und Olivia sagte: »Es wird keine Nespresso-Boutique geben.«

Er widersprach ihr nicht.

»Verdammt, es ist Sonntag«, sagte sie.

»Fahr nach Hause«, sagte Bart. »Geh zu deiner Familie.«

»Und du?«

Er antwortete nicht.

Das Letzte, was Olivia wollte, war, zu ihrer Familie zurückzukehren. Doch nun, da die Firma ihre Rettungsidee abgelehnt hatte, schien ihr nichts anderes übrig zu bleiben.

Es war Sonntag, ihr Bruder war sicher noch da. Ihm würde es schon gelingen, seinen Besuch bis zum Abend in die Länge zu ziehen.

Niemand würde sich wundern, wenn sie heute arbeitete. Mehr noch, sie schienen ohne sie besser zurechtzukommen.

Noch einmal in das Zimmer mit dem Seeblick, nur ein einziges Mal. Danach würde sie es in Ordnung bringen, die Scherben wegräumen, ihr Bestes geben. Noch einmal all ihre Kleider ausziehen und unter die blitzsaubere Decke schlüpfen, sich in das übersichtliche Einzelbett legen, in dem niemand etwas von ihr erwartete.

Es war alles unverändert im Zimmer ihres Bruders, seit sie hier geschlafen hatte. Nur die Tulpen waren etwas weiter aufgegangen.

Sie setzte sich aufs Bett und zog die Schuhe aus.

Die Wolkendecke riss auf, und die Sonne schien unbarmherzig ins Zimmer. Reflexartig duckte sie sich. Auch wenn sie helle Räume normalerweise liebte, schien ihr die Sonne hier wie eine Last, schlimmer noch: wie ein Angriff.

Sie stand auf, um die Vorhänge zuzuziehen, aber ihr Blick blieb an dem alten Mann auf dem Steg hängen. Er legte gerade seine Angel hin, verließ den Steg, verschwand aus ihrem Blickfeld und kehrte dann mit einem Mann im Rollstuhl zurück. Es war ihr Bruder.

Nicht jeder Mann in einem Rollstuhl ist gleich dein Bruder, sagte sich Olivia, das hier ist schließlich eine Rehaklinik, hier gibt es eine Menge Männer in Rollstühlen. Aber sie beobachtete ihn weiter, und der Mann im Rollstuhl blieb ihr Bruder. Der alte Mann konnte niemand anderer sein als Kyvon.

Kyvon half ihrem Bruder aus dem Rollstuhl, damit er sich an den Rand des Stegs setzen konnte. Marcus zog seinen einen Schuh aus und gab ihn Kyvon, der ihn in den Rollstuhl legte.

Kyvon warf eine Angel aus und reichte sie Marcus. Es war eine unbekümmerte Szene, die wirkte, als würden die beiden dies schon seit Jahren machen. Erst jetzt verstand sie: Alle kamen mit ihrem Bruder zurecht, nur sie nicht. Sie weinte. Ihr Bruder nicht.

Sie sind es nicht, sagte sie noch. Sie waren zu weit weg, nicht gut zu erkennen. Sie hätte nicht sagen können, was beunruhigender war: ihr Bruder dort mit Kyvon, oder sie, die es sich nur einbildete.

Ein weiterer Mann betrat den Steg. Natürlich. Es war Gerard in seiner feldgrünen Thermoweste, die er nur im Urlaub trug. Ihr Magen zog sich zusammen. Verkrampft beobachtete sie das Glück, an dem sie keinen Anteil hatte. Sie hätte die Vorhänge zuziehen sollen, konnte sich aber nicht bewegen. Sie dachte, dass es nicht mehr schlimmer kommen könne, bis sie die beiden schlaksigen Gestalten sah, ihre Söhne. Julius schlug seinem jüngeren Bruder auf die Schulter. Die Tränen liefen ihr über die Wangen. Es dauerte eine Weile, bis sie begriff, dass die Männer nicht in die Ferne starrten, nicht aufs Wasser oder den Horizont, sondern zu ihr hinübersahen. Nur Kyvon schaute noch suchend an ihr vorbei, bis Julius deutlich auf das Fenster zeigte und auch der alte Mann seinen Blick auf sie richtete.

Es war zu spät, sich wegzuducken. Langsam drückte sie ihren Rücken durch, starrte zu ihrer Familie hinüber und hob schließlich die Hand. Ganz kurz erwartete sie noch, dass die Männer sich in Luft auflösen, verschwinden würden … Aber Tom streckte nun ebenfalls die Hand in die Höhe und winkte zurück. Marcus hob schelmisch die Angel hoch und bewegte sie hin und her. Sie hatten sich gegenseitig entdeckt. Sie konnte sich nicht mehr verstecken.

Mit den ungeeigneten, hochhackigen Schuhen stakste sie über den Weg zum See. Ihre Absätze sanken im Schotter ein, sie hatte Mühe, sich aufrecht zu halten.

Bevor sie selbst etwas sagen konnte, rief ihr Mann: »Wie schön!« Sie sah ihn fragend an. »Dass du gekommen bist.« Er hielt sein Telefon hoch. »Weil du noch nicht geantwortet hast.«

»Ich dachte, das macht sie nie!«, sagte Julius.

Olivia nahm ihr Telefon und las die Nachricht. Ob sie mit zum Angeln kommen wolle. Sie lachte zittrig und sah ihren Mann an, der aufrichtig erfreut zu sein schien, dass sie hier war.

Sie brauchte die Situation nicht zu retten.

Sie war genau da, wo sie sein sollte.

»Jetzt legen Sie das Telefon weg«, sagte Kyvon, »es ist Sonntag.«

Gerard streckte die Hand aus und half ihr auf den Steg.

»Willst du ein Butterbrot?«, fragte Tom. »Es gibt Wurst, Käse oder Marmelade.«

»Marmelade«, sagte ihr Bruder.

»Marmelade«, sagte Olivia.

»Ich habe gerade gehört, dass Sie Volkstanz machen«, sagte Kyvon. »Sie überraschen mich immer wieder aufs Neue.«

Marcus schlug mit der Hand auf die Stelle neben sich auf dem Steg. Olivia zog die Schuhe aus und stellte sie zu dem von Marcus in den Rollstuhl. Sie setzte sich dicht neben ihren Bruder. Der Kopf des Stegs war sehr schmal.

Tom gab ihnen Butterbrote.

Als sie aß, bemerkte sie erst, dass sie Hunger hatte.

Sanft schaukelte sie mit den Beinen wie ein Kind. Sie schaute hinab und sah, dass das eine Bein ihres Bruders vorsichtig mitschaukelte.

LESEPROBE

Anbaden

Der ganze Wald hört mich kommen. Kiefern wippen im Wind, Buchen fallen sich über dem Weg in die Arme, man huldigt dem König der Rostgurken. Greg hat mir dieses Rad hingestellt, Dreigangnabe, sogar ein Drahtkorb vornedran. Meine Tonspur ist eine Kette, die mit allen Gliedern über den Kettenschutz schlurft.

Ich sehe natürlich, dass sich beide Reifen drehen, aber der Weg nimmt kein Ende. Vielleicht wird der Wald mitbewegt, eine Tapete auf Rollen, oder er hat schlichtweg seine Grundfläche erweitert. Längst müsste die kleine Holzhütte in Sicht kommen – stattdessen aufgetürmte Baumstämme, neonrot beziffert. Die Kurve. Erinnere ich mich an die Kurve? Dahinter blinkt die Sonne durch die Stämme. Einmal richtig in die Pedale treten, ja, jetzt bin ich mir sicher, jetzt nur noch abwärts. Vom Sattel gleiten, und das Fahrrad rollt ohne mich weiter, bis es über eine Baumwurzel springt, stolpert, stürzt. Mein Handtuch fällt aus dem Korb. Vor Glück, denke ich.

Die Sträucher am Ufer sind plattgetreten, ich kann einfach in die Ull hineingehen, schon werden meine Beine vom Wasser umspült wie Brückenpfeiler. Die Strömung ist die Strömung geblieben, hinreißend mitreißend. Der Fluss kommt von Süden, eine lange silberne Schnur.

In den Pappeln hocken Krähen, die Pappeln sind gewachsen, sehr sogar. Und dieses Schiffstau. Die Jungs haben ein Tau von Ufer zu Ufer gespannt, von Pappel zu Erle, sie haben das Westufer der Ull erobert, lautstark halten sie es besetzt. Ich höre ein Mädchen aufschreien, als zwei Jungs ihr nasses Haar über ihm ausschütteln, wie Hunde ihr Fell. Stark, denke ich, dass so etwas überliefert wird.

Drei, vier große Schritte und jetzt sind die jungen Hunde am Tau, machen sich hangelnd zu Affen, schwingen die Beine gegeneinander. Sie umklammern sich, treten, und raffen sich schließlich, als ihnen die Kräfte ausgehen, zu einem letzten Angriff auf, bei dem sie zwangsläufig beide abstürzen müssen.

Prustend strömen die Jungs an mir vorbei. Ich brauche ein paar Sekunden, um zu begreifen, dass es ihnen gar nicht um Sieg und Niederlage gegangen ist, sondern um die Blicke der Mädchen. Um meinen Blick vielleicht auch.

Und jetzt schließe ich die Augen, gehe bis in die Mitte des Flusses, wo ich kaum noch stehen kann. Tief einatmen, die Knie zwischen die Arme nehmen

und ab

ab auf die Ullfahrt,

lass dich schieben, mitnehmen, mitreißen von der Strömung, zieh den Kopf unter Wasser … ein Stein, Körperkiesel, der stromabwärts treibt … die Augen geschlossen, eine Vorwärtsrolle, den Kopf rausstrecken, japsen. Aaah!

Aufschreien über die Wucht dieses kleinen Flusses … So kräftig ist er, so schnell wird man, dass die Kurve nicht zu kriegen ist, zweihundert Meter vom Einstieg

schiebt die Ull alle Badenden

an Land.

Am Ufer wirkt die Gegenkraft, drängt mich zurück. Den tiefschwarz ausgetretenen Pfad entlang. Nach fünfzig Metern beginnt die Pappelreihe, alle Stämme wie Reihenhaustüren im gleichen Abstand. Links aber dichter Wald. Ich gehe schnell. Biege ins hohe Wiesengras ab, zwischen den Pappeln hindurch wieder in den Fluss. Sofort greift mir die Strömung unter die Arme.

Nimm mich einfach mit, du Ull, du. Bis in die Kurve. Ans Ufer. Den Trampelpfad zurück. Gleich nochmal hinein.

Gehen und baden, Badegänge. Nach dem vierten zittere ich, so stark erfrischt mich die Ull. Oder meine Haut ist dünner geworden. Der Bauch auf jeden Fall dicker. Ich esse zu viel Mist, rauche mehr, als ich mir vornehme zu rauchen. Aber nun sieh dir mal die fette Abendsonne an, was soll die sagen. Wenn ich den Rücken durchdrücke und den Kopf strecke, können meine Augen das Schiffstau über den Sonnenball schieben. Hoch bis in die Mitte, ein Gürtel, ein Sonnenäquator.

Auf dem Tau reißen sich die beiden Jungs um ein Handtuch. Vom Westufer winkt ein anderer mit einem Paar

Flipflops. Ich suche meine Latschen im Gras, dann auch das Handtuch. Kann – nicht – wahr – sein.

»Aber ganz schnell!«, rufe ich. Die Stimme brüchig. Ich habe mich schon aufgemacht in Richtung Tau, da lässt einer der Kerle los, der andere verliert das Gleichgewicht, stürzt rücklings ins Wasser. Mit meinem Handtuch.

Die Szene fährt mir in die Glieder. Erst mal abhauen, wenn einer laut wird. Haben wir das genauso gemacht? Wildfremde Leute belästigen, sind wir so weit gegangen? Ich steige ins Wasser und folge ihnen flussabwärts bis in die Kurve. Die beiden Jungen stehen bereits am Ufer, mir reicht das Wasser bis zur Hüfte.

»So, ist genug jetzt. Handtuch!«

»Krieg dich ein«, sagt der eine.

»Wo sind die Flipflops?«

»Eeeey Tobi, seine Flipflops sucht er«, ruft der andere.

Hinter mir strömen zwei weitere Jungs in die Kurve ein. Locker auf dem Rücken treibend fragt mich einer von ihnen, ob's Ärger gebe. Der Vierte hat die Hand in der Badehose:

»Geh nach Hause, Alter.«

Das ist des Rudelführers Wort. Ein Schlaks, tatsächlich größer als ich, aber Typ Hühnerbrust, blasshäutig und blaue Lippen.

»Frierst du?«, frage ich.

Besser, ich spiele nicht auf meine Kindheit an, sicher wollen sie die ersten Halbstarken an der Ull sein, die ersten auf dem gesamten Planeten, der sich jetzt dreht, unter mir wegdreht … Meine Zehen krallen sich in den schlickigen Boden, der Schlaks hat damit begonnen, mich nass zu spritzen. »Ob ich was?«, ruft er dabei. »Hau ihm eine rein, Sasch.« »Du zuerst, Tobi.« »Sasch, come on.« »Geh nach Hause, Alter«, höre ich noch einmal, danach stoßen sie nur noch Laute aus. Affenlaute wie auf dem Tau.

Mit Sasch ist der Schlaks gemeint. Er bläht sich vor uns auf, dass die Rippen zählbar werden, von den letzten Sonnenstrahlen modelliert. Vielleicht vierzehn Jahre alt und eine Bundeswehrmarke um den Hals. Schlaks geht im Wasser auf mich zu, wir sehen uns an, aber er will auf mich herabblicken, kommt deshalb immer näher, bis auf zwei Handbreit, und jetzt bleibt er regungslos stehen. Ich habe mit meiner rechten Hand zugepackt, blitzschnell, seinen Oberarm knapp über dem Ellbogen, vier Finger auf dem Knochen und den Daumen auf dem Bizeps. Die Schraubzwinge.

Der Junge hält vor Schmerz die Luft an.

Er versucht gar nicht erst, mit seinem anderen Arm einen Nahkampf zu beginnen. Es ist seine Passivität, die den anderen Jungs Angst macht. Auch sein offenstehender Mund, ein stummer Schrei, alles ist leicht zu übersetzen. Zehn, fünfzehn Sekunden lang geschieht nichts.

»Einer holt die Flipflops, einer legt das Handtuch ans Ufer.«

Ich will klingen, als sei der Streit schon beigelegt. Sie beobachten mich genau, kurz muss ich die Augen schließen, mich konzentrieren.

»Was ist, soll ich ihm erst noch eine reinhaun?«

Guter Tonfall. Sie müssen spüren, dass es mir ernst ist. Einer zieht die Badelatschen aus dem Farnkraut, ein anderer schmeißt mein Handtuchknäuel ans Ufer, es soll abschätzig aussehen, aber es sind Gesten der Enttäuschung.

Dann lockere ich den Griff, der Schlaks macht ein paar lange Schritte, und ich frage mich, ob er den erlebten Schmerz vor den anderen Jungs in Worte fassen wird. Gleich nachher oder jemals. Ob er demnächst demontiert wird. Noch folgt ihm die Bande auf den Waldpfad.

Erst als sie zurück sind an der Einstiegsstelle, stapfe ich aus dem Wasser, wringe das Handtuch aus und schlüpfe in die Flipflops. Hau ihm eine rein, Sasch. Du zuerst, Tobi. So empfangt ihr mich, so wollt ihr, dass meine Rückkehr aussieht? Na, dann mal los. Ich bin gewappnet.

Gutachten

Im letzten Jahr war ich schon einmal hier. Sie hatten mich zu ihrer Abifeier eingeladen, als Überraschungsgast, Stargast, und ich hab den Quatsch mitgemacht, weil ich gern das Gesicht meiner alten Schulfreundin Jasmin sehen wollte. Sie tauchte gar nicht auf. Stattdessen fand ich mich mit Gregor Hartmann am Tresen wieder, ein Bier nach dem anderen stürzend. Die Verdrängungskräfte setzten ein und wurden immer stärker, in der Nacht meinte ich, mindestens drei Viertel der Anwesenden nie in meinem Leben gesehen zu haben.

Greg ist wirklich mal ein Schulfreund gewesen, aber wir können an diese Zeit nicht anknüpfen. Er ist damals nach dem ganzen Mist, den wir gemeinsam gebaut haben, auf dem Gymnasium geblieben, ich nicht, er ist später im Kaff geblieben, ich nicht, und beides stand auf dem abendlichen Jahrgangstreffen zwischen uns wie eine unüberwindbare Mauer. Immerhin teilte er mein Bedürfnis, nicht über die Vergangenheit zu reden, und erzählte mir von seinem geplanten Langzeiturlaub, drei bis vier Monate Kreta mit der ganzen Familie, bevor sein Sohn im Herbst eingeschult würde. Im Gegenzug redete ich von dem Angebot, just im kommenden Sommer eine Bauleitung hier in der Heimatstadt zu übernehmen.

So ist es gekommen, dass ich jetzt bei Gregor Hartmann wohne, in der Nähe des Kalkhafens. Ich finde nicht, dass er mir nach fünfundzwanzig Jahren irgendetwas schuldet, aber er wollte partout keine Miete nehmen, und so zahle ich für die drei Monate nicht mehr als die Grundkosten für Wasser und Strom.

Kalkhafen ist ein irreführender Titel, das Gebiet bestand schon zu Kriegszeiten zu zwei Dritteln aus Weideland und Brachen, nach dem Zustrom der Flüchtlinge aus dem Osten wurde es schnell als Baugebiet erschlossen. Gregs verklinkertes Reihenhaus ist Baujahr 1952, und es atmet noch die Enge der Nachkriegszeit. Im Parterre befinden sich Küche und Klo (beide winzig) und das ganzflächig mit taubenblauem Teppichboden ausgelegte Wohnzimmer, an der Wand der flachste Flachbildschirm. Dazu das Kämmerlein für meine Arbeit, die Baupläne lappen weit über den Rand der Schreibtischplatte. Oben ein Kinderzimmer, das elterliche Schlafzimmer, ein Bad. Greg und ich haben vergessen, über ein Gästezimmer zu sprechen. Es gibt keines. Am ersten Abend habe ich auf einer Yogamatte auf dem Flurboden geschlafen. Dann entdeckte ich den Stab, mit dem man die Dachluke an einer Öse aus der Decke ziehen kann, und mir gefiel auch, wie die Stiege in die Dachluke eingelassen ist, eine fantastische Tischlerarbeit.

Auf dem Dachboden lag (noch eingerollt) ein roter Läufer, unter der Schräge stand ein Stapelbett. Klar, es ist stickig dort oben, auch die Junisonne hat es sich gut zwischen Gregs Kisten eingerichtet, aber wenn man gegen 20 Uhr alle drei Fensterluken aufreißt, ist es ab Mitternacht auszuhalten. Und ich arbeite sowieso bis in die Nacht.

Was nicht heißt, dass ich ausschlafen kann. Es ist Samstagfrüh und der Briefkastenschlitz klappert. Ein Zeitungsbote schiebt jeden Morgen das Käseblatt ins Haus. Ich erinnere mich daran, dass Greg gefragt hat, ob er das Abo in seiner Abwesenheit kündigen soll, weiß aber nicht mehr, was ich ihm geantwortet habe. Wahrscheinlich stand mir der Mund offen, weil ich dachte, dass es das Käseblatt kraft meiner Ablehnung nicht mehr geben kann. Ich hätte der Stadtzeitung gegönnt unterzugehen, aber sie hat nicht bloß überlebt, sie ist unverändert, dasselbe Layout, derselbe Mangel an Anspruch, der einen schon als Jugendlicher eingeschläfert hat, Missgeschicke statt Katastrophen, Lackschäden statt Diktatur, dazu die Festlichkeiten im Landkreis und andere Wochenendtipps. Was das helle, harmlose Herz eben so verkraftet.

Kann ich eigentlich nicht lesen, konnte ich noch nie. Aber man ist ja gezwungen, Zeitungen durchzublättern, wenn man Kaffee trinkt. Der Geist verlangt danach, auch die Finger. Im Lokalteil heute ein langes Einzelhandelsporträt, über eine junge Hutmacherin, die ihr Handwerk in Schottland gelernt hat und deshalb meint, Kopfbedeckungen seien hierzulande unterbewertet. Gewagte These im Zeitalter der Burka-Hysterie. Auf der Deutschland-Seite, die wirklich *Deutschland* heißt, ein Interview mit einem Soziologen, der als wichtiger Zeitdiagnostiker präsentiert wird. Er sagt, wir verhandelten alles im digitalen Raum, um nicht analog handeln zu müssen. Gähn. Wir seien mit Information, Meinung und Widersprüchen gestopfte Gänse. Das Projekt Individualisierung habe immer schon darauf abgezielt, dass sich der Mensch von den

Mitmenschen abwendet. Das Gespräch liest sich, als hätten die Käseblattredakteure es nicht nur unzulässig gekürzt, sondern auch jede These vereinfacht.

Leserbriefe gibt es noch, aber höchstens zwei am Tag, die allermeisten Leser haben ihren bürgerlichen Namen abgelegt und füttern im Netz die Kommentarspalten. Hinten im Sportteil (immer noch so ausführlich) lese ich, dass in acht Tagen das Ortsderby steigt. Meine Rot-Weißen gegen die blaue Eintracht.

EinTracht Prügel, haben wir immer gerufen. Aber ins Stadion, warum nicht, schön auf dem Rad an der Ull entlang, könnte man machen. Jetzt klingelt aber erst mal mein Handy.

»Herr Schürtz.«

»Guten Morgen, Herr Ahrens.«

»Herr Schürtz, kommen Sie bitte auf die Baustelle.«

»Ich muss sowieso –«

»Baustelle, bitte. Ich bin selbst in fünf Minuten da.«